A Última Casa da Rua

Romance de **Lily Blake**
Baseado no roteiro de **David Loucka**
História original de **Jonathan Mostow**

Tradução de Bernardo de Carvalho

iD editora

Coordenação editorial – Lenice Bueno da Silva
Assistente editorial – Patrícia Capano Sanchez
Tradução – Bernardo de Carvalho
Coordenação de edição de arte/Capa – Camila Fiorenza
Foto de capa – © Chris Crumley
Diagramação – Cristina Uetake e Vitória Sousa
Revisão – Mari Kumagai
Pré-impressão – Alexandre Petreca, Everton L. de Oliveira Silva,
Hélio P. de Souza Filho e Marcio H. Kamoto
Impressão e acabamento – Corprint Gráfica e Editora Ltda.

Dados Internacionais de Catalogação na Publicação (CIP)
(Câmara Brasileira do Livro, SP, Brasil)

Blake, Lily
A última casa da rua / Lily Blake, David Loucka, Jonathan Mostow ; tradução de Bernardo de Carvalho. – São Paulo : Moderna, 2012.

Título original: House at the End of the Street
ISBN 978-85-16-07290-2

1. Ficção norte-americana I. Loucka, David. II. Mostow, Jonathan. III. Título.

12-08932 CDD-813.5

Índices para catálogo sistemático:
1. Ficção : Literatura norte-americana 813.5

De acordo com as novas normas ortográficas

Todos os direitos reservados no Brasil pela
Editora Moderna Ltda.
Rua Padre Adelino, 758, Belenzinho – 03303-904 – São Paulo, SP
Vendas e atendimento: Tel.: (11) 2790-1300
Fax: (11) 2790-1501
www.editoraid.com.br
Impresso no Brasil, 2013

Para Erin

PRÓLOGO

A casa no final da *Sycamore Lane* era um sobrado com a janela da frente em formato de meia-lua e as finas cortinas cinzentas sempre fechadas. A varanda vivia cercada de ervas daninhas e, entre as tábuas empenadas do assoalho, a grama brotava. Sobre elas, as telhas estavam quase todas quebradas. Da pintura verde desbotada só sobravam algumas faixas que ainda não estavam totalmente descascadas. Um *playground* enferrujado continuava de pé no quintal. O escorregador ainda estava inteiro, mas só o que restava dos balanços eram duas correntes arrebentadas. Os assentos de borracha tinham se soltado havia muito tempo e ficavam jogados no chão, ressecando sob o sol.

Mas não foi sempre assim naquela casa. É incrível como, de repente, as coisas mudam e os acontecimentos ruins se acumulam. A família que vivia ali foi assombrada pela má sorte, os momentos trágicos chegando sempre antes e com maior intensidade que os mínimos momentos felizes. A vida deles foi interrompida bruscamente no dia em que Carrie Anne – filha mais nova do casal e a única menina – caiu do balanço no quintal. Quando a encontraram, o sangue se acumulava sob sua cabeça, congelando entre as mechas embaraçadas de sua longa cabeleira loira. Os vizinhos logo ficaram sabendo que a coitadinha tinha sofrido dano cerebral. Dali em diante, ela passaria a maior parte do tempo dentro de casa. Seus pais a monitoravam constantemente. Eles controlavam o que ela comia, o que vestia e nunca a deixavam sair do quarto mais do que algumas horas por dia. Começaram a correr boatos de que ela era perigosa.

Passaram-se anos antes da segunda grande tragédia. Era uma noite quente e úmida de agosto quando tudo aconteceu, uma década depois do acidente de Carrie Anne. Seus pais estavam dormindo com a janela aberta, pois o ar continuava abafado depois de uma tarde chuvosa. Mary Jacobsen, a mãe de Carrie Anne, acordou ouvindo passos que se aproximavam na escada. Ela demorou alguns segundos para entender se aquilo era real ou se fazia parte de um sonho, até que viu a luz se acender no vão embaixo da porta. John Jacobsen virou-se na cama, percebendo que sua esposa tinha acordado.

– Mas como pode? Essa menina acordou de novo? – ele esbravejou.

Mary esfregou os olhos.

– Tudo bem, tudo bem. Pode deixar que eu vou – respondeu num tom áspero. Os dois já mal se falavam naquela época. Seu casamento tinha ruído depois do acidente, com tudo – cada conversa, cada dia, cada mês – girando em torno de sua filha. O que Carrie Anne ia comer hoje? Qual dos dois ficaria em casa com ela enquanto o outro ia à cidade? Incapazes de se concentrar em outra coisa além da menina, ambos perderam o emprego nos meses seguintes ao acontecido. As dúvidas e arrependimentos os corroíam. E se eles estivessem do lado de fora quando ela caiu? Será que poderiam ter feito alguma coisa? Será que teriam evitado o pior? E por que John não cobriu de areia o chão do *playground*, como tinha prometido desde o início? Quantas vezes Mary já tinha pedido que ele fizesse isso?

Era sempre ela quem consolava Carrie Anne, quando a menina acordava no meio da noite. Era duro ter uma filha que precisava de conforto e atenção em tempo integral. Embora Mary Jacobsen não fosse capaz de admitir em alto e bom som, sabia que tinha se tornado mais dura em relação à filha com o passar do tempo. Seus nervos estavam esgotados, essa era a verdade. Ela acabava perdendo a paciência com a menina mais do que gostaria. Nos últimos meses, a frequência com que ia ao médico atrás de receitas de calmantes era cada vez maior. Então começou a frequentar outros consultórios, desesperada para conseguir mais e mais pílulas – seu suprimento nunca era o bastante. Ela e John discutiam muito mais quando os frascos de remédios estavam perto de acabar.

Mary levantou da cama e caminhou devagar em direção à porta do quarto. Sua cabeça estava explodindo graças à combinação de tranquilizantes e pílulas contra a ansiedade. Quando apareceu no corredor, Carrie Anne estava parada, à beira da escada, com os braços para trás, as mãos fora da sua vista. Mary fechou a porta do quarto devagar, sabendo que John iria reclamar caso elas fizessem mais barulho do que já tinham feito.

– Carrie Anne – ela disse, severamente. – Você precisa voltar para a cama. Agora. Você já sabe como isso vai terminar.

Os longos e embaraçados cabelos loiros da menina estavam caídos para frente, escondendo seu rosto. Sua camisola, comprida até a altura dos tornozelos, tinha uma mancha seca na frente. Mais cedo, durante o jantar, ela havia surtado mais uma vez e atirado o prato de comida na parede, derrubando todo o molho da carne sobre o próprio colo. Sua mãe simplesmente não sentiu a menor vontade de limpá-la ou então trocar suas roupas.

– Carrie Anne? – Mary a chamou novamente. A garota estava com o tronco levemente inclinado para frente e a cabeça baixa. Novamente, ela não esboçou qualquer reação. Mary deu um passo em sua direção, avançando pelo corredor estreito. Simplesmente odiava quando a filha fazia aquilo. Ela reconhecia sua voz. Sabia que era a sua mãe quem estava falando. Por que cargas d'água fingia que não tinha mais ninguém ali?

Mary deu mais um passo e alcançou o braço da menina, agarrando seu pulso e puxando com mais força do que pretendia. Foi aí que notou algo diferente de relance. Carrie Anne ergueu a outra mão, revelando, sob a luz fraca do corredor, o martelo que escondia atrás das costas. Por uma fração de segundo seus olhos azuis brilharam, vislumbrando o rosto assustado da mãe, que não teve tempo para fazer mais nada. Com um movimento rápido, Carrie Anne a acertou na cabeça, logo acima dos olhos – e bateu de novo e de novo, até Mary finalmente cair para trás, absolutamente irreconhecível.

No quarto, John se sentou na cama, sentindo que havia algo de errado. Ele tinha escutado as pancadas abafadas e depois o silêncio que se seguiu, mas estava um pouco aéreo por causa dos medicamentos – um coquetel especial que o mantinha relaxado por horas, antes de causar um acesso de paranoia como efeito colateral – por isso ficou ali parado, olhando para a porta, pensando que talvez fosse a sua imaginação que estava pregando mais uma peça. Intrigado, ele esticou o braço e tateou a mesinha de cabeceira atrás do frasco de remédios, mas já não havia nenhum comprimido dentro dele.

Sentado na cama, John esperou por alguns segundos, imóvel, apenas observando as sombras que se moviam no vão da porta e imaginando se Mary tinha conseguido convencer Carrie Anne a voltar para a cama. Às vezes, para conter a agitação da menina e forçá-la a dormir, sua esposa tinha que apertá-la com toda força contra o seu peito, imobilizando-a entre seus braços por vários minutos. Outras vezes, os dois eram obrigados a trancá-la no quarto e a ficar escutando seus gritos desesperados por horas e horas, antes que eles começassem a diminuir de intensidade para enfim desaparecerem totalmente. A gritaria era o que John mais detestava. Seu sangue fervia ao som dos berros estridentes e dos socos e pontapés que a garota dava na porta.

Parado no quarto, ele continuou observando as sombras no chão. Do lado de fora, trovoava. A chuva tinha começado a cair novamente, molhando as cortinas. John se levantou e deu alguns passos tentando se orientar na escuridão. Estava prestes a chamar o nome da esposa, quando a porta se abriu. Sua filha entrou rapidamente, o cabelo bagunçado na frente do rosto e o martelo sangrento em uma das mãos...

CAPÍTULO 1

Quatro anos depois...

Elissa deu um pulo e se sentou no capô empoeirado da velha caminhonete, segurando o seu violão. Encontrou uma posição confortável e debruçou-se sobre o instrumento, dedilhando um Sol maior repetidamente. Aquele sempre foi seu acorde favorito. Talvez por causa da sonoridade viva e aberta, ou então pela sensação dos seus dedos tocando aquelas cordas em especial. Ou talvez ela preferisse o Sol maior porque aquele foi o primeiro acorde que aprendeu. Seu pai tinha lhe dado o violão de presente quatro anos atrás, em seu aniversário de treze anos. Nessa época, eles ainda viviam nos arredores de Chicago. Isso foi antes do divórcio, antes das brigas e do rancor que se seguiram.

No verão em que seu pai parou de aparecer, de telefonar e até de escrever, Elissa não conseguiu deixar o violão de lado. Ela preenchia o silêncio com música, a única coisa potente o bastante para abafar os seus próprios pensamentos. Agora, enquanto dedilhava aquele Sol maior, ela observava Sarah, que estava deitada no capô, com a cabeça apoiada no para-brisa. Desde que seu pai tinha partido, parecia tolice continuar chamando aquela mulher de "mamãe" ou de "mãe". Na ausência dele, elas se pareciam mais com companheiras de quarto que se conheceram pela internet, convivendo em um apartamento dividido como se fossem duas estranhas. Elas mal se falavam, a não ser para tratar das tarefas domésticas – quem colocaria o lixo para fora, quem guardaria as compras, quem deveria lavar os últimos pratos na pia. As coisas foram dessa forma por quase três anos, até sua mãe anunciar que tinha encontrado uma casa em Seattle, em um subúrbio "agradável". Ela argumentou que a mudança era para melhor, que era a chance de elas terem um novo começo e que assim as duas poderiam passar algum tempo juntas, antes de Elissa ir para a faculdade. Elissa bem que queria acreditar nisso – que estar em um lugar novo poderia transformá-las. Só que não conseguia parar de pensar em algo que sua avó costumava dizer. E essa pequena frase ficou ecoando em sua cabeça durante os dois dias de estrada, enquanto, ao lado da mãe, ela cruzava o país: *aonde quer que você vá, lá você estará.* Como poderia uma nova cidade, uma nova casa, mudar qualquer coisa entre elas? Será que já não era tarde demais para isso?

Elissa trocou de acorde e começou a tocar o refrão de uma velha canção do *Bleeker Street*. Quando ela tinha dez anos, seu pai tinha lhe dado de presente um CD deles, como parte da sua "educação musical". Enquanto tocava, ela olhava por cima da cerca viva à sua frente. Só o que conseguia ver era o topo das paredes de pedra.

– Vocês devem ser as Cassidys! – Uma voz se dirigiu a elas de repente. Elissa se virou atraída por ela. Um sedan preto de luxo encostou do outro lado da rua e um homem baixo e calvo saiu de dentro dele. – Dan Gifford. Desculpem o atraso. Eu esqueci o celular no escritório. Na certa vocês tentaram me ligar. – Ele secava o suor da testa, enquanto se explicava.

– Só uma dúzia de vezes – Sarah respondeu, sentada no capô da caminhonete. Seu cabelo loiro e ondulado pendia à altura dos ombros, sua pele estava rosada, graças à espera de uma hora e meia, debaixo do sol.

– Mill perdões por isso, senhora – Dan murmurou. – Mas agora me deixem mostrar sua nova casa. – Com um chaveiro lotado em uma das mãos, ele se atrapalhou um pouco até encontrar a chave certa. Quando finalmente conseguiu abrir o portão de madeira, revelou-se o sobrado de pedra que ficava além dele.

Elissa quase riu quando ele apareceu diante dos seus olhos. Aquela casa era umas dez vezes maior do que o apartamento delas em Chicago. A parede da frente tinha três janelas grandes, com colunas trabalhadas enfeitando a entrada. Não era enorme, não era uma mansão, definitivamente. Mas, mesmo assim, era a maior casa em que ela já tinha morado. Elissa estava começando a pensar que talvez Sarah estivesse certa – talvez este fosse o ano em que as coisas mudariam para elas.

Sarah abriu a traseira da caminhonete e Dan as ajudou com algumas caixas pequenas, deixando seu suor pingar em cima delas.

– Como foram de viagem? – perguntou, enquanto entravam no terreno.

– Nós passamos dois dias na estrada – Sarah respondeu, apoiando uma das caixas na cintura. – Não vemos a hora de arrumar as coisas e descansar um pouco.

Elissa ergueu os braços para alcançar uma caixa com objetos de cozinha e foi pega de surpresa pelo cheiro desagradável que vinha debaixo deles.

– E tomar um banho também – completou, rindo.

Dan começou a subir os degraus de pedra, cercados por arbustos de hortênsia.

– Eu acredito que vocês vão se sentir muito confortáveis aqui. E, além disso vão adorar a vizinhança.

Os três entraram na casa e Elissa não conseguiu evitar abrir um sorriso de orelha a orelha. Quando era pequena, ela costumava fazer desenhos elaborados de sua "casa dos sonhos": uma mansão de dois andares, com piso de madeira, enormes aparelhos de TV, sofás de couro e quartos suficientes para quatro crianças (ela sempre imaginou que seus pais teriam mais filhos depois que finalmente parassem de brigar). De alguma forma, aquele sobrado era parecido. Havia balcões de granito na cozinha, móveis simples, mas elegantes, e uma varanda grande nos fundos. Sarah se virou e ergueu as sobrancelhas para ela como quem diz: *Viu só?! Eu não disse que era demais?*

Deixaram as caixas no balcão da cozinha e foram conhecer a casa. Dan mostrou os três quartos no andar de cima, cada um deles com uma cama *queen size* – o que era um tremendo luxo se comparado com o colchão de solteiro em que Elissa tinha dormido a vida toda. Depois comentou algo sobre a ótima pressão da água, tratou de alguns detalhes do aluguel e apontou o parque estadual, junto aos fundos da propriedade. Quando terminaram de conhecer tudo, ele tirou as chaves do seu chaveiro e as entregou a Sarah.

– Os Reynolds vão fazer uma festa para a vizinhança amanhã. É só preparar um prato e aparecer. Vocês estão convidadas. Eles moram só a algumas casas daqui.

Sarah não tinha parado de sorrir desde o instante em que eles passaram pela porta de entrada. Ela era uma péssima cozinheira, mas confirmou presença toda animada, como se ficar atrás do fogão fosse a atividade ideal para a primeira noite na casa nova.

– Qualquer coisa, nós ligamos – disse, enquanto observava Dan fechar a porta atrás de si.

Elissa olhou ao redor, prestando atenção nas portas deslizantes de vidro, nas cortinas perfeitamente franzidas, nas almofadas milimetricamente arrumadas no sofá.

– É esquisito demais – disse, sem conseguir disfarçar o sorriso. – É como se fosse uma casa de verdade.

Sarah se inclinou na direção dela, mostrando as chaves e as balançando.

– É *mesmo* uma casa de verdade – corrigiu.

– Mas e as outras casas, onde é que ficam? – Elissa perguntou. – E onde fica a mercearia? Onde é que eu vou encher a cara, posso saber? – Ela estava brincando, é claro. Sabia que a mãe odiava qualquer insinuação sobre beber antes dos dezoito.

– Pois é, querida, tudo ao redor é o parque estadual – Sarah respondeu, apontando as janelas do fundo e ignorando o comentário sobre a bebida. – Um belo quintal, você não acha?

Então os olhos de Elissa avistaram a casa decadente, a uns trinta metros de distância. O velho sobrado parecia cravado no meio das árvores, nos limites do parque.

– Olha só, daqui da pra ver a casa do Senhor e Senhora Mortinhos da Silva – ela disse, sorrindo.

– Não fale assim, Elissa – Sarah protestou, apoiando os cotovelos no balcão. – Aquela casa é a razão pela qual nós podemos pagar o aluguel desta aqui. Um duplo assassinato não costuma fazer bem aos negócios imobiliários.

Não costuma fazer bem aos negócios? É muito mais do que isso, Elissa pensou. Mesmo se esta minimansão fosse perfeita, ainda assim ia ser bizarro morar tão perto de uma casa onde duas pessoas tinham sido assassinadas. Durante a viagem rumo a oeste, Elissa tinha feito Sarah contar a história inteira umas três ou quatro vezes. Pais com uma filha violenta que tinha algum tipo de problema no cérebro. Ela os acordou no meio da noite e matou os dois com um martelo roubado do barracão de ferramentas. Vários dias se passaram antes que encontrassem os corpos e, na época, ninguém ficou sabendo o que aconteceu com a garota. Disseram que ela tinha quinze anos, mas que a sua condição mental era a de uma criança pequena.

– Vamos logo – Sarah disse batendo no ombro de Elissa. – Vamos terminar de descarregar aquelas caixas.

Mais tarde, naquela noite, Elissa derramou o macarrão no escorredor, observando o vapor subir em frente ao seu rosto, o que fez a cozinha abafada e úmida parecer ainda mais quente. O suor se acumulava sobre suas sobrancelhas. Depois do espaguete esfriar um pouco, ela usou um pegador para servi-lo, tomando todo cuidado para colocá-lo bem no centro dos pratos, como seu pai tinha lhe ensinado certa vez. Por fim, despejou uma concha cheia de molho no macarrão e completou com um ramo de salsa por cima.

Sua receita especial, servida naqueles pratos brancos simples, parecia perfeita – igualzinha a uma foto que ela tinha visto em uma revista. Elissa se lembrou da noite em que seu pai a ensinou a prepará-la e dos pequenos truques que ele lhe mostrou, fazendo de conta que o apartamento onde eles moravam era um restaurante chique, do tipo que jamais teriam dinheiro para frequentar. Parecia que ele estava ali, agora mesmo, na frente dela, experimentando o espaguete como se fosse caviar, lagosta ou um belo filet mignon, e exclamando "*magnifique!*", com aquele sotaque francês fajuto que sempre a fazia cair na risada.

Elissa levou os pratos para a mesa, colocando um deles delicadamente em frente a Sarah. Ainda não passava das sete da noite, mas sua mãe já tinha trocado as calças jeans e a camiseta suada pelo seu velho pijama cor-de-rosa. Seus cabelos loiros ondulados estavam puxados para trás, presos em um coque, o que a fazia parecer muito mais com uma garota mais velha do colégio de Elissa do que propriamente a sua mãe. Em uma das mãos ela segurava um isqueiro Zippo, que ficava abrindo e fechando seguidamente, fazendo a chama aparecer e desaparecer.

– Obrigada por cozinhar, querida – Sarah disse, colocando o isqueiro de lado.

Elissa se sentou em seu lugar.

– Você pode agradecer ao papai, foi ele quem me ensinou a preparar esse macarrão.

Sarah fingiu uma expressão de surpresa.

– Poxa, não acredito! Foi ele mesmo quem te ensinou essa coisa toda de esquentar a água, jogar o macarrão dentro e depois abrir a lata de molho? Minha nossa! Mas que pai incrível ele é! Merece um prêmio Nobel.

Elissa apertou com toda a força o garfo que estava segurando, sentindo-se a ponto de fincá-lo no tampo de madeira da mesa. Por que afinal Sarah sempre tinha que fazer aquilo? Ela não podia falar nada sobre o pai sem que sua mãe ficasse nervosa, fizesse cara feia ou emendasse algum comentário maldoso. Era Elissa quem não tinha mais um pai. Era Elissa quem não ouvia falar dele há mais de um ano, quem não recebia um telefonema nem em seu aniversário. Ele tinha ido embora porque não conseguia parar de brigar com Sarah, tudo com eles virava uma discussão interminável. Se alguém ali tinha o direito de ficar nervosa com isso, esse alguém era, acima de tudo, Elissa.

Segurando as lágrimas, ela olhou para baixo. Será que não existia, em algum lugar, um prazo oficial que determinava quanto tempo você podia chorar por causa do seu pai ausente? Ela tinha prometido a si mesma que não deixaria mais a tristeza consumi-la como nos meses que se seguiram à partida dele.

Elissa enrolou um pouco de macarrão no garfo, sentindo menos apetite do que sentiu um minuto atrás. Seus olhos estavam fixos no Zippo sobre a mesa. Desde que conseguia se lembrar, ele estava em sua vida, como se fosse mais um móvel em casa. Quando seus pais ainda estavam juntos e as brigas ainda não tinham se tornado insuportáveis, toda noite eles se sentavam ao lado da janela e fumavam juntos – só um cigarro antes de dormir. Fumar pode ser um hábito desagradável e eles até largaram o vício depois de um tempo, mas isso era algo que faziam juntos e, com certeza, trazia lembranças a Sarah. Por isso, ela ainda levava o isqueiro aonde quer que fosse.

– Até parece que você carrega isso aí para cima e para baixo porque sente falta de fumar – Elissa murmurou, ressentida, para a mãe. Talvez ela não quisesse admitir, mas também não tinha conseguido se esquecer dele completamente.

Sarah suspirou e pegou o isqueiro, olhando bem para ele.

– Tem coisas das quais sinto falta, sem a menor dúvida. Mas quando éramos casados, as coisas eram duras para mim. Ele estava sempre na estrada, e quando não estava viajando, brigávamos sem parar. Você sabe muito bem como as coisas funcionavam. Você estava lá também e viu tudo. No fundo, tenho certeza de que você sabe que é melhor assim. Agora, ele está lá, compondo músicas sobre mim. E eu estou aqui, com você, a melhor coisa que fizemos juntos.

Sem levar o garfo à boca, Elissa brincou com o macarrão no prato. Ela também tinha escutado as músicas, embora nunca tivesse contado a Sarah que passava várias horas por semana no *site* da banda de seu pai. "Olhos azuis", "Ela disse e ele disse" e "Tudo de novo" eram três daquelas canções. Ela prestava toda atenção às letras, procurando por algum sinal de que ele voltaria para casa, de que tinha se arrependido do que tinha feito. Mas, no final, era sempre como se as músicas fossem sobre entregar-se aos excessos, deixar tudo para lá e acolher a liberdade que vem com a perda.

Nenhuma das duas falou por um bom tempo. Sarah colocou para dentro algumas garfadas de macarrão antes de olhar para o teto, com os olhos marejados.

– Olha só, Elissa... Esse lugar. – Enquanto falava, abria os braços e apontava ao redor. – Isso é novo. Essa mudança vai fazer bem a nós duas. Vamos olhar para frente.

– Eu vou levar um tempo para me acostumar a ter você por perto.

– Deixa disso. Eu até deixei você ficar com o quarto maior – Sarah disse, sorrindo. – Não vai ser nenhum sacrifício.

Elissa também sorriu. Ela queria com todas as forças acreditar em sua mãe. Sarah tinha dito que, quando chegasse em casa à noite, depois do trabalho no hospital, as duas fariam o jantar juntas, depois assistiriam a filmes antigos ou então passariam um tempo na varanda dos fundos, organizando sua velha coleção de discos. Ela tinha prometido à Elissa uma semana inteira de Joni Mitchell, passando por todos os seus álbuns – Sarah colocaria para tocar suas canções prediletas e as duas ouviriam, tomando litros de chá gelado nas noites quentes de verão. Mas uma parte de Elissa estava sempre preparada, esperando que as coisas voltassem a ser como antes e elas começassem se comportar como duas estranhas. Afinal, como uma nova cidade seria capaz de mudar a vida delas do dia para a noite?

Sarah se levantou e começou a tirar a mesa. Elissa se moveu para ajudá-la, mas sua mãe protestou.

– Você cozinhou, eu lavo – ela insistiu. – Vá terminar de desencaixotar as coisas.

Elissa olhou para o topo da escada, onde ainda havia uma pilha de caixas de papelão esperando por ela. Mas isso podia ficar para amanhã. O sol ainda estava pairando no céu e ela só tinha mais uns trinta minutos, ou até menos, antes que ele se pusesse de uma vez. E agora que finalmente tinha um quintal, ela queria aproveitá-lo.

– Eu só estou a fim de dar uma olhada por aqui antes – disse para a mãe, um pouco mais animada, antes de abrir as portas de correr que davam nos fundos da casa e descer as escadas, seguindo por uma trilha que penetrava nas árvores. Elissa avançou devagar, atenta às pedras e galhos no caminho, com cuidado para não tropeçar, enquanto subia o morro, já nos domínios do parque estadual.

O sol estava se pondo. A casa abandonada ficava alguns metros adiante. De onde estava, Elissa conseguia ver um balanço quebrado. Ela seguiu em frente, abrindo caminho entre as árvores, tentando encontrar um ponto em que tivesse uma boa visão das dimensões do parque. Essa era a sua casa agora. Tudo ia ser diferente – pelo menos era isso que Sarah esperava. Elas nunca tinham conversado a respeito, mas Elissa sabia que, em parte, elas tinham se mudado por causa de Luca. Os dois tinham se conhecido no último inverno e, em menos de quinze minutos, já estavam matando aula para fumar um baseado na *pick up* dele. Na verdade, eles estudavam juntos desde a quinta série, mas Elissa ainda se lembrava do dia em que o tinha notado pela primeira vez (ou melhor: que tinha notado que ele também a estava notando).

Luca estava sentado ao seu lado na sala de aula, desenhando alguma coisa na mesa com um canivete suíço. E assim ele ficou por alguns minutos, esculpindo a madeira, segurando o canivete em uma das mãos e cobrindo a sua "obra" com a outra, o chão ao redor dos seus pés cheio de rebarbas de madeira. Quando terminou, ele levantou um pouco a mão, permitindo que apenas Elissa pudesse ver o que havia ali: *Isso aqui é um saco*, estava escrito. *Você não preferia ficar chapada?*

Luca era o tipo de garoto que toda menina da *Rossmore High School* queria conhecer, pelo menos para poder dizer que conhecia. Ninguém podia negar que ele era atraente, com bíceps definidos e o cabelo loiro bagunçado caindo sobre os olhos verdes. Sempre estava vestindo jeans detonados e uma camiseta cinza. Todo mundo sabia que ele fazia "coisas" – fumava maconha, bebia, matava aula, fazia sexo. Estar com ele queria dizer ser arrancada do mundinho tedioso de todo dia, para explorar um outro mundo, um lugar onde tudo era mais excitante, mais perigoso.

Elissa continuou caminhando entre as árvores, enquanto se lembrava das mãos de Luca tocando sua pele, da maneira como ele segurava seu rosto enquanto beijava apaixonadamente sua boca. Depois de três meses, ela chegou em casa uma noite e encontrou Sarah cansada e com os olhos vermelhos, sentada à mesa da cozinha. *Nós estamos de mudança*, ela decretou, nem um pouco disposta a conversar a respeito. As duas brigaram até três e meia da manhã, com Sarah dizendo que elas precisavam de um recomeço, que Rossmore não era mais um bom lugar para tocarem suas vidas. Elissa não preferia morar em uma casa maior e frequentar uma escola pública melhor? Mudar de cidade aumentaria as chances de ela conseguir entrar em uma boa faculdade.

Mas Elissa sabia o que Sarah estava prevendo – que ela poderia facilmente seguir o seu caminho: grávida aos dezessete, casada aos dezenove, com uma filha que mais parecia sua irmã. Ela queria dizer que isso era impossível, que as coisas com Luca nunca foram sérias de verdade, mas a verdade é que temia ficar sabendo de algo que sempre suspeitou – que com Sarah e seu pai as coisas não eram sérias também. Que aqueles primeiros anos, quando eles eram tão jovens e quando sua mãe ficou grávida, tinham sido um grande erro.

Então ela aceitou a mudança sem discutir mais. Não queria repetir os erros de sua mãe.

O céu estava escuro. Elissa olhou para trás de repente, se dando conta de como estava caminhando rápido. Ela tinha avançado um bocado no meio do bosque e todas as árvores pareciam iguais. Os pássaros estavam quietos. O som de um galho estalando chamou sua atenção. Olhou ao redor, tentando distinguir as formas na escuridão. Os pelos do seu braço se arrepiaram. Ela vasculhou o horizonte, procurando por algum sinal que a fizesse lembrar de que lado tinha vindo, até que, finalmente, conseguiu enxergar, ao longe, sua mãe na janela da cozinha. Imediatamente, começou a correr para lá o mais rápido possível, sem saber direito o que a tinha assustado tanto.

CAPÍTULO 2

– *Olha a frente!* – gritou a garota morena vestindo um biquíni roxo, antes de sair correndo pelo pátio de tijolos e mergulhar na piscina. Uma onda enorme cresceu ao seu redor, agitando a superfície cristalina da água. A casa dos Reynolds era o triplo do tamanho da casa de Elissa e ainda tinha piscina com cascata e um ofurô. Essa gente tinha dinheiro. Alguns garotos e garotas estavam estirados ao redor da piscina tomando banho de sol, enquanto outros brincavam de Marco Polo na parte rasa.

A certa altura, Bonnie Reynolds arrancou Elissa de perto de Sarah, insistindo que ela tinha que conhecer seu filho.

– Veja, querida. Aquele ali é o Tyler – disse, toda sorridente, apontando para um garoto musculoso, que vestia uma sunga verde fosforescente. – Ele pode mostrar tudo por aqui, se você quiser. Tyler é o capitão da equipe de natação, mesmo sendo o mais novo de todos. Ele e os amigos se envolveram em um projeto de combate à fome depois das aulas e conseguiram arrecadar mil dólares ano passado. – Enquanto falava, ela alisava os cabelos como se quisesse mostrar as luzes recém-feitas e as unhas perfeitamente tratadas no salão. – O dinheiro foi para a África, ou será que foi para o Tibete? Não sei ao certo, mas tenho certeza que foi para um desses lugares distantes, onde as coitadas das pessoas não têm nem o que comer.

Elissa balançou a cabeça, fingindo prestar atenção ao que ela dizia, mas estava muito mais interessada nos *cheeseburguers* chiando na grelha ou na bola inflável da piscina viajando por cima de mesa de piquenique. Ela só estava com a Sra. Reynolds havia uns três minutos, e já não aguentava mais aquela mulher. Era o tipo de mãe que acha que tudo que o filho faz (seja amarrar o cadarço do tênis, arrumar a própria cama ou assoar o nariz) é digno de aplausos. Elissa estava prestes a se libertar dela, quando Tyler – o homem, o mito, a lenda em pessoa – veio na direção delas. Ele lançou um olhar para a mãe e, imediatamente, ela saiu andando na direção dos outros adultos.

– Foi mal pela minha mãe – disse ele, calmamente. – Não preciso nem adivinhar, ela partiu para cima de você com o pacote completo, não foi? – perguntou, secando as costas com a toalha e sacudindo os cabelos molhados.

– Fica tranquilo, as mães gostam mesmo é de encher a bola dos filhos. – Elissa sorriu, contente por Tyler parecer ser quase normal pelo menos. – Eu tenho certeza que você é o maior perdedor da cidade.

Tyler riu – uma risada real e autêntica –, depois a levou até à mesa do buffet. Entre as guloseimas, um prato de salada de repolho, outro de batatas fritas, uma bandeja de cachorros-quentes e a salada de batata com aparência esquisita que Sarah tinha preparado. Seu maior erro tinha sido colocar picles no meio, mesmo Elissa a tendo avisado de que essa era uma péssima ideia.

Tyler pegou dois pratos de plástico e entregou um deles a Elissa. Os dois se serviram, depois se sentaram perto dos adultos. Atrás de seu prato de salada, Bonnie puxou conversa novamente.

– E então, o que vocês estão achando da nova vizinhança? – ela perguntou, olhando para Sarah, depois para Elissa.

– Aposto que vocês já conheceram o Ryan Jacobsen – Tyler completou, com ironia na voz. Sua mãe lhe lançou um olhar estranho, mas ele ignorou.

– Ainda não... – Elissa respondeu, um pouco confusa. O sobrenome lhe era familiar – os Jacobsen eram o casal que tinha sido assassinado pela própria filha e derrubado o preço dos imóveis na região. Mas ela não sabia nada sobre um parente que vivia na cidade. – Será que ele vem aqui hoje?

– Aqui? – Bonnie falou assustada, sua voz soando ainda mais aguda.

Ben Reynolds, o marido de Bonnie, alisou os cabelos castanhos e finos.

– Caramba, querida – ele brincou –, você se esqueceu de mandar o convite a tempo para a casa dos Jacobsen?

A mesa toda caiu na risada. Um casal ao lado de Sarah quase cuspiu o hambúrguer todo no chão.

– Meu Deus do céu, deixa disso, Ben! – Bonnie disse com um sorriso amarelo no rosto. Então se dirigiu a Sarah. – Ryan Jacobsen é o filho do casal que foi assassinado. Ele ainda vive na casa, mas não costuma sair muito de lá.

– Alguém devia tocar fogo naquela porcaria de casa – uma mulher com óculos de sol enormes se manifestou.

– Não fale desse jeito, Jenny – Bonnie sussurrou.

A mulher simplesmente deu de ombros.

– Eu não disse que o próprio Ryan Jacobsen devia queimar junto com ela. Mas, cá entre nós. Por que o garoto ainda mora naquele lugar?

Ben Reynolds balançou a cabeça, concordando.

– Ele está derrubando o valor de todos os imóveis do entorno. A prefeitura bem que tentou comprar a casa. A melhor coisa a fazer seria derrubar a construção e doar logo o terreno para o parque estadual.

Elissa deu uma olhada para Sarah. O que aquela conversa queria dizer, afinal? Será que elas também eram consideradas vizinhas indesejadas por eles? A mãe solteira e sua filha, atraídas por um aluguel bem abaixo do preço. A caminhonete velha parada na frente da casa. Sarah colocou a mão na coxa de Elissa, sentindo que devia dizer alguma coisa.

– É mesmo muito estranho que ele queira continuar morando ali – ela tentou entrar na conversa.

A mulher tirou os óculos, revelando a maquiagem carregada ao redor dos olhos.

– Pois é. A casa onde os pais foram assassinados. Cruzes. Na certa ele é ainda mais pirado do que a irmã.

Elissa se agitou no banco, desconfortável por estar escutando aquilo. Quem aquela gente pensava que era para julgar Ryan Jacobsen? Quem eram eles para julgar ela e sua mãe?

– Eu consigo pensar em coisas bem mais malucas do que viver na casa onde você cresceu. Mas, afinal de contas, o que exatamente aconteceu?

A mesa ficou em silêncio. Então Tyler descansou seu garfo na beirada do prato.

– Foi a filha dos Jacobsen, Carrie Anne, quem os matou.

– Essa parte eu conheço – Elissa disse, tentando não olhar ao redor. – Mas onde Ryan estava quando aconteceu?

– Ryan não morava aqui. Ele vivia com uma tia, em outra cidade. – Tyler jogou a cabeça para o lado, tirando o cabelo da testa.

– E o que aconteceu com Carrie Anne depois do assassinato? – Elissa perguntou, colocando o prato de lado, sem o menor apetite.

O olhar dela cruzou com o do Sr. Reynolds.

– As buscas foram incansáveis. Ao que parece, ela se afogou perto da represa.

– Mas ninguém nunca encontrou o corpo – Tyler acrescentou. – Tem gente que acha que ela ainda vive no bosque.

Bonnie levantou do banco e jogou seu prato no lixo.

– Por favor, Tyler, não comece com essa conversa. Ignore isso, querida. É só uma lenda urbana que ele e os amigos gostam de alimentar.

– Não há a menor chance da garota ter conseguido sobreviver esse tempo todo na floresta – Jenny disse, se ocupando em limpar as lentes dos óculos escuros com a ponta da polo rosa que usava. As pedras na lateral da armação brilhavam sob o sol.

Ben concordou com a cabeça.

– Ela sofreu um acidente em casa. Caiu do balanço e nunca mais se recuperou. Aquela menina vivia fora de controle. Tinhas umas crises horrorosas. Passava horas gritando. A vizinhança inteira era obrigada a escutar aquilo.

– E por que não a internaram? – Elissa perguntou.

– Supostamente, eles cuidavam dela em casa – Ben Reynolds explicou. Bonnie fez um gesto para a empregada que aguardava perto da porta dos fundos, apontando para os pratos e copos vazios.

Jenny deixou escapar uma risadinha sarcástica.

– Cuidavam dela? Eles basicamente a mantinham presa na própria casa, amarrada ao pé da cama.

– Mas chega dessa história, não é mesmo? – Bonnie disse, interrompendo. – Que tal mudar um pouco de assunto? Algo mais agradável, talvez.

Aos poucos, as pessoas ao redor da mesa foram entrando em assuntos diferentes, algumas conversando sobre o jogo de basquete da noite passada, outras se perguntando quando o restaurante em construção no fim da rua principal ficaria pronto. Elissa ficou observando sua mãe brincar com os restos de seu hambúrguer no prato. Ainda havia tantas questões sobre o que tinha acontecido naquela casa, sobre o que tinha acontecido àquela garota. Mas Elissa manteve apenas duas em mente: quem era Ryan Jacobsen e como ele conseguia continuar morando ali, passando os dias e as noites sozinho.

O Sol estava se pondo quando elas começaram a caminhar pela rua, de volta para casa. Atrás das duas, o som da festa ia diminuindo. Sarah apertou a tigela vazia contra o peito.

– Aquele papo dos Jacobsen não te deixou um pouco assustada? – finalmente perguntou, olhando para Elissa.

– Com certeza. Essa vizinhança é esquisita. *Nós devíamos queimar aquela casa* – ela disse, imitando o jeito pomposo de Jenny. – Mas que maravilha. Eu fico me perguntando onde eles guardam as tochas e as forquilhas para a caça às bruxas...

Sarah ficou em silêncio. Elissa sabia que ela não tinha como negar. É verdade que as casas daquele bairro eram finas, mas os moradores não eram nem um pouco. Ela não queria nem imaginar o que eles estavam falando agora mesmo sobre as novas vizinhas – a mãe solteira e sua filha desbocada que alugaram a última casa da rua. Eles ficariam horrorizados se soubessem que Sarah era apenas uma técnica de raios-X no hospital. Na certa, para aquela gente, se você não tivesse um Dr. ou um PhD ao lado do seu nome, você merecia a morte.

– Mesmo assim, Tyler pareceu ser um garoto bacana – Sarah arriscou.

– Eu ainda não tenho muita certeza disso.

As duas continuaram andando, subindo o longo caminho que levava do portão à entrada da casa. O bosque estava escuro. Enquanto Sarah subia a escadaria da frente, Elissa parou no gramado, olhando além das árvores.

– Você acha mesmo que alguém seria capaz de viver ali? – perguntou.

Sarah se virou e seu olhar seguiu o de Elissa.

– Não – ela disse calmamente. – Eu acho que não. – Então entrou na casa e acendeu as luzes.

Elissa continuou do lado de fora, observando o bosque escuro. Ela tinha a estranha sensação de que alguém a estava observando de volta. Mais cedo, tinha sentido a mesma coisa, quando levou as almofadas para a varanda dos fundos e as arrumou sobre as cadeiras. Seu olhar foi atraído por uma árvore particular, mais precisamente por uma sombra atrás dela. Intrigada, ela piscou várias vezes, imaginando que talvez aquela sombra fosse ilusão de ótica. Então se virou e voltou para casa, mas a sensação estranha persistiu, mesmo depois de já estar lá dentro, com a porta fechada e trancada.

CAPÍTULO 3

Elissa saiu do carro de Tyler e olhou para cima, observando a mansão à sua frente. A verdade é que não queria ter ido até lá. Mais cedo, assim que saiu da aula, ela tinha visto a chamada perdida em seu telefone e ligado para Sarah, com esperança de confirmar os planos que as duas tinham feito para mais tarde – era a primeira vez que passariam algum tempo juntas desde... bom, ela não lembrava desde quando isso não acontecia. O combinado era Elissa fazer a sua pipoca temperada especial (que era mesmo uma delícia, mas não deixava o hálito muito agradável), para as duas comerem assistindo a filmes em preto e branco no TCM. Mas o motivo pelo qual Sarah havia ligado mais cedo era justamente para dizer que seria obrigada a cancelar. Ela bem que tentou se explicar dizendo que teria que trabalhar no turno da noite no hospital e que não tinha como negar, já que era nova no emprego. Elissa não conseguiu evitar ficar chateada, afinal, de nada adiantava elas terem se mudado para tão longe se continuariam a ser as mesmas que eram em Chicago. Qual era o sentido de Sarah ter feito o treinamento para ser técnica em raio-X, se ia trabalhar no mesmo horário que trabalhava no antigo emprego de garçonete?

Tyler subiu a escadaria da frente e entrou na casa, fazendo um sinal para Elissa segui-lo. Era a reunião do Fundo de Combate à Fome. Quanta diversão. Ele a convidou depois de encontrá-la sozinha no pátio da escola. Tinha sido um dia daqueles – sozinha na sala de aula, mexendo no notebook; sozinha à beira da quadra, esperando a aula de educação física começar; sozinha no armário e andando pelos corredores; sozinha, sozinha e sozinha. A ideia de ter que voltar para a casa vazia e continuar sozinha foi o que a levou àquela mansão. Isso e o fato de ela ser obrigada a admitir que Tyler era, pelo menos, um pouquinho atraente (de um jeito bem óbvio, tipo esses caras musculosos, em catálogos de roupa masculina).

Elissa obrigou seu corpo a segui-lo até a enorme cozinha da casa de Caitlin Aberdeen. Alguns garotos jogavam *video game* na sala de estar, enquanto o resto do pessoal tomava uma bebida rosa em copos de plástico. O ar cheirava a maconha.

– É esse aqui o seu encontro contra a fome? – Elissa perguntou, erguendo as sobrancelhas.

– Pode crer que é – Tyler respondeu, cumprimentando um garoto com os olhos vermelhos. – Ano passado nós conseguimos vinte mil dólares para o projeto *Stop Hunger Now*. Eles vieram direto do cartão de crédito do meu pai. Bem mais prático do que ter que incomodar as pessoas no estacionamento do supermercado, não é mesmo? Assim a gente pode fazer festa sem ninguém encher o saco e isso ainda conta como atividade extracurricular na escola.

Elissa olhou para o lado, sem saber direito se estava enojada ou impressionada com aquilo.

– Eu acho que é preciso algum talento, mesmo para isso... – ela admitiu, observando a festa. Talvez os princípios morais de Tyler fossem frouxos, talvez ele fosse como todos os outros garotos ricos que ela conheceu, mas isso ainda era bem melhor do que ficar sozinha em casa, imaginando se uma assassina insana não estava vagando pelo bosque.

– Valeu – Tyler respondeu, fazendo uma reverência, como se estivesse recebendo aplausos de uma plateia. Então colocou um pouco de vodka e limonada rosa em um copo e o chacoalhou cobrindo a boca com uma das mãos. – Agora é hora de te fazer entrar no clima da reunião.

A cabeça de Elissa já estava bem leve por causa da bebida. Com os olhos vidrados na tela da TV, ela afundou o polegar esquerdo no controle, tentando desviar do carro de Tyler, mas acabou batendo na proteção de metal à beira da pista. Cansada do *video game*, olhou ao redor e se deu conta de que a "reunião" agora era entre duplas. No canto da sala, uma garota loira vestindo um top curto, estava enroscada em um carinha com dreads no cabelo, enquanto, na varanda, outro casal conversava animadamente e soltava risadinhas. Surpresa, Elissa se levantou na mesma hora, deixando o controle cair no chão.

– Acho que eu perdi mais uma vez – disse, reparando nos olhos vermelhos de Tyler e na maneira como ele estava largado sobre o braço do sofá. – Hora de fazer um *pit-stop*, preciso ir ao banheiro.

Se segurando no corrimão, ela subiu as escadas devagar. Ao chegar ao banheiro, se deparou com uma ruiva debruçada sobre a privada, vomitando como se não houvesse amanhã. Depois de terminar, a garota olhou para cima e viu Elissa.

– Foi mal – ela disse sorrindo e um pouco sem graça. Sua camiseta tinha uma enorme mancha na frente, provavelmente por causa de alguma bebida derramada.

– Tudo bem aí? Você precisa de uma carona pra casa ou algo do tipo? – Elissa perguntou, se abaixando perto dela.

– Eu só preciso descansar um pouco – a garota respondeu, limpando os cantos da boca com os dedos, antes de deixar o corpo cair sobre o fino tapete do banheiro.

Elissa a encarou por alguns segundos, tentando descobrir o quanto ela estava bêbada. Na verdade, aquela garota aparentava estar em melhores condições do que a maior parte das pessoas na festa, e o que quer que ela tivesse bebido já tinha saltado para fora do seu corpo a esta altura e estava boiando dentro da privada. Elissa virou a cabeça da garota para o lado e colocou uma toalha dobrada embaixo, como se fosse um travesseiro, tentando deixá-la tão confortável quanto possível. Em vinte minutos, voltaria para conferir como a coitada estava. Até lá, sua missão era encontrar outro banheiro.

De volta ao corredor, caminhou através de uma porção de portas, se perguntando quantos quartos uma casa precisava ter. Caitlin não era filha única? Decidiu experimentar uma das portas e acabou entrando na suíte principal, mas antes que conseguisse alcançar o banheiro alguém a agarrou por trás.

– Ei! – ela protestou e depois viu o rosto de Tyler.

– Cai fora, Tyler, você está chapado demais. – Elissa se contorceu e conseguiu se libertar por um momento dos braços dele, mas Tyler a puxou novamente e a jogou sobre a cama *king size*, depois tropeçou e desabou no chão.

– Qual é, Elissa? Cadê o seu espírito humanitário? – Ele levantou e partiu para cima dela rapidamente, a imobilizando na cama. Então agarrou seu seio direito e o apertou com força. – Ah... agora sim! Aí está ele! – disse, dando risada.

Elissa se virou rapidamente e o acertou em cheio com uma cotovelada. Depois levantou da cama e correu para a porta, tirando o telefone celular do bolso.

– Hummm... a garotinha vai ligar pra mamãe, vai? – ela escutou Tyler dizer, em tom de provocação.

– Isso mesmo, eu preciso de uma carona pra ir embora daqui, seu babaca! – ela gritou de volta. Nisso, ele alcançou Elissa e, estendendo o braço por cima do seu ombro, arrancou o telefone de sua mão. Os dois estavam bem em frente à escadaria agora. Algumas pessoas olharam para cima da sala de estar, tentando ver o que estava acontecendo. – Deixa de ser infantil e me devolve essa porcaria de telefone, Tyler. Agora mesmo!

Gargalhando, ele ergueu o braço o mais alto possível e a provocou: – Você quer? Então vai ter que pegar, queridinha. – Havia um sorriso doentio em seu rosto e, nessa hora, Elissa percebeu que o odiava com todas as forças. Fossem quais fossem as primeiras impressões que havia tido dele – que era um pouco cheio de si, que não passava de um mauricinho mimado e convencido – elas eram muito melhores do que aquilo que ela pensava agora. A verdade é que Elissa nunca tinha se sentido tão repelida por alguém em toda a sua vida.

Ela o empurrou com toda força contra a parede e, cheia de raiva, deu um pulo que não conseguiria dar se não fosse pela adrenalina do momento, conseguindo agarrar o celular. Foi ao puxar o telefone com toda força que seu braço acertou uma luminária antiga que estava logo atrás. Elissa só teve tempo de se virar e assisti-la rolando escada abaixo, se estilhaçando mais e mais a cada degrau.

No mesmo instante, Tyler partiu para cima de Elissa novamente. Mas, dessa vez, ela o acertou com uma joelhada bem nas bolas, o que o fez curvar-se imediatamente de dor. A esta altura, uma pequena multidão estava amontoada lá em baixo, assistindo à luta. Caitlin, uma garota baixinha, com o nariz evidentemente refeito pelas mãos hábeis de algum cirurgião plástico, abriu espaço entre os curiosos e se deparou com a luminária destroçada.

– Ah, meu Deus do céu! Meu pai vai me matar – ela gritou com sua voz esganiçada, segurando um dos poucos cacos maiores que ainda sobravam. – Quem foi que fez isso?

Antes mesmo que ela terminasse a frase, Tyler apontou para Elissa, que ainda tentou se defender.

– Desculpa. Foi ele quem...

– Já pra fora da minha casa, sua... – Caitlin gritou. Todos os olhos ao redor se arregalaram e algumas risadas foram ouvidas. – Tá esperando o quê? Eu disse agora!

Elissa queria mais era explodir de raiva e dizer umas belas verdades para aquela gente, mas respirou fundo, desceu as escadas, passou no meio da plateia de cabeça erguida e pegou sua mochila que estava atrás do sofá.

– Sem problemas – disse. – Eu bem que estava querendo tomar um pouco de ar fresco. – Então bateu a porta atrás de si e saiu andando pelo enorme gramado sem olhar para trás.

CAPÍTULO 4

Mas que droga, Elissa pensou. *A ideia de mudar para cá era justamente me livrar desse tipo de lixo.* Do lado de fora, a rua estava na mais absoluta escuridão. Ela mal conseguia ver além das árvores. Desanimada, tirou o celular do bolso e começou a navegar pela lista de contatos. Ninguém para quem pudesse ligar. Cada um daqueles nomes era de alguém da sua antiga escola, do seu antigo grupo de amigos, de sua antiga vida. A essa hora, Sarah ainda estava presa no hospital. Sua casa estava a quilômetros de distância e, dentro da festa, não havia sequer uma pessoa sóbria o bastante para lhe dar uma carona – não que ela estivesse disposta a implorar. Sem opção, ela continuou a caminhar na direção de casa. As primeiras gotas de chuva caíram sobre seus ombros descobertos.

Elissa ainda não tinha caminhado nem 20 metros, quando um carro passou a toda velocidade, espirrando um fino jato de lama em suas pernas. Sem parar de andar, ela olhou para o celular novamente e passou devagar pelo nome de Sarah, pensando se era uma boa ideia tentar ligar agora. Afinal, não foi sua mãe mesma quem disse que ela podia ligar sempre que estivesse com problemas? E não era um problema de verdade estar ali sozinha naquela rua mal iluminada, com um carro estranho diminuindo a velocidade logo adiante?

O carro parou alguns metros à frente. A chuva começou a engrossar, molhando a blusinha que Elissa vestia. Então a luz de ré do carro se acendeu e ele andou para trás cantando pneu. A janela do passageiro se abriu e o motorista se inclinou em sua direção. Demorou um pouco para Elissa perceber que ele era um garoto apenas alguns anos mais velho do que ela, com o cabelo loiro, curto e oleoso, e olhos castanhos que se arregalavam para enxergá-la na escuridão.

– Você precisa de uma carona? – ele perguntou.

Elissa se virou, dando um passo para trás. Não tinha passado por sua cabeça pedir carona. Afinal, não parecia ser uma boa ideia entrar sozinha no carro de um estranho.

– Não, tudo bem. Moro aqui perto. Obrigada, mesmo assim – ela praticamente teve que gritar para ser escutada na chuva, tentando soar convincente.

– Não mora, não – o motorista gritou de volta, pela janela aberta. – Você acabou de se mudar para a *Sycamore Lane*. Sou seu vizinho.

Elissa olhou bem para o carro, reparando na pilha de livros sobre o banco do passageiro, na camisa de flanela daquele garoto e na barba crescendo em seu queixo, como se ele tivesse se barbeado pela última vez havia um ou dois dias. Ele parecia tão... *normal*.

– Você é o Ryan Jacobsen? – ela perguntou.

O garoto encostou o carro. Como se não soubesse bem o que fazer, passou a mão na testa, tentando esconder o sorriso em seus lábios.

– Foi mal... – disse, ainda meio sorrindo. – Eu não queria assustar você. Qual é o seu nome?

Elissa olhou para o celular, sem saber bem se devia apertar o *send*. Se ela ligasse, sua mãe chegaria em vinte minutos. De todo mundo naquela cidade desconhecida, não era justamente aquele garoto – que morava na mesma casa em que seus pais tinham sido assassinados – a última pessoa de quem ela devia aceitar uma carona?

– Eu me chamo Elissa – a garota respondeu. – Mas não ligo de ir andando. De verdade. Valeu a intenção, mesmo assim. Até mais.

Elissa começou a se afastar e o carro seguiu ao seu lado. Ryan deu risada.

– Você está a uns dez quilômetros de casa. Se eu fosse você aceitava logo a minha oferta.

Então, ela observou o longo e sinuoso caminho à sua frente. No mesmo instante, um raio cortou o céu, seguido de um trovão ensurdecedor, e a chuva começou a cair com ainda mais força. Em pouquíssimos segundos, Elissa estava completamente encharcada. Ela olhou para dentro do carro, onde Ryan ainda a esperava. Ele a olhava nos olhos, com a cabeça levemente inclinada para o lado, como que dizendo: *É isso mesmo? Você quer MESMO seguir andando?*

Elissa apertou as mãos com força, morrendo de raiva de Sarah que tinha sido obrigada a trabalhar à noite, de Tyler que a tinha atacado daquele jeito e de Caitlin que a tinha expulsado da festa injustamente. E agora ela estava ali, debaixo da maior chuva, tentando decidir se pegava ou não carona com um órfão misterioso e solitário. Sem pensar muito, Elissa abriu a porta e pulou para dentro do carro, tirando do caminho os livros que estavam sobre o banco do passageiro.

Depois dessa conversa inicial, os dois rodaram em silêncio durante algum tempo, escutando apenas a trilha sonora da chuva caindo sobre a lataria do carro e dos limpadores de para-brisa indo e voltando no vidro da frente. O carro era bem velho, mas até que era legal, com grandes bancos de couro e um painel estiloso. Algumas fitas cassete estavam jogadas no chão, dando a impressão de que ali dentro ainda era 1989. Um medalhão dourado ficava pendurado no espelho retrovisor e uma lancheira amarela estava no chão, ao lado dos pés de Elissa.

Ao lado de Ryan, havia alguns romances de Hemingway[1], caindo para fora de uma mochila, junto com um enorme livro de Biologia. Durante o tempo que ficaram em silêncio, Elissa o observou, estudando seus pequenos olhos castanhos e seus traços bem marcados. Ele não devia ter mais que vinte um anos. Enquanto ela o observava, ele mantinha os olhos na pista, sem dizer uma palavra. Será que os Reynolds tinham razão? Será que havia mesmo algo de errado com aquele garoto? Afinal, como ele conseguia viver naquela casa decadente, completamente sozinho, sabendo que seus pais tinham sido assassinados ali mesmo?

O silêncio já estava insuportável. O limpador de para-brisa rangendo, para lá e para cá, a chuva forte caindo lateralmente, acertando a lataria do carro com força. Depois de alguns minutos, Elissa não conseguiu mais se segurar.

– Por que você ainda mora naquela casa?

Ryan soltou um longo suspiro que fez com que Elissa se sentisse culpada, imediatamente.

– Desculpe. Eu acho que essa não foi uma boa pergunta – ela tentou remendar a situação, esperando que eles pudessem apagá-la da memória e fingir que nada tinha acontecido.

– Você só disse o que estava pensando – Ryan disse, parecendo compreendê-la. – Não tem problema. É só nisso que as

[1] Ernest Hemingway, escritor norte-americano (1899-1961), autor, por exemplo, de "Por quem os sinos dobram" (1940) e "O velho e o mar" (1952). (N.T.)

pessoas conseguem pensar quando eu estou por perto. A verdade é que minha família me mandou para longe quando eu tinha sete anos e, no início, aquela casa era tudo o que tinha me restado deles. Mas, para ser sincero, morar lá tem sido bem difícil. Eu decidi que vou fazer uma reforma e depois vou vender a casa.

Elissa passou nervosamente os dedos pelo banco, afundando-os no couro. Por que raios ela teve que tocar nesse assunto? Há um minuto eles estavam andando no mais absoluto silêncio, mas no instante seguinte estavam conversando sobre como os pais dele o tinham mandado embora. Pelo menos ela se sentiu um pouco melhor de saber que ele não gostava de viver ali. Enfim, ele não era o estranho solitário de que os Reynolds tinham falado no outro dia, que vivia à espreita por aí, dormindo na cama onde seu pai tinha sido espancado até a morte.

Ryan virou o rosto para ela e sorriu.

– Eu escutei você cantar hoje cedo. Tenho que admitir que gostei do que ouvi. Você canta em alguma banda ou algo assim?

Elissa suspirou aliviada, satisfeita por estar tudo bem de novo. Quando ele sorriu, ela o viu com outros olhos – ele parecia mais gentil, mais doce.

– Mais ou menos. Eu costumava tocar bastante violão quando morava em Chicago – explicou. – Meu pai também tem uma banda, embora eu dificilmente o veja. Ele sempre está viajando por aí, fazendo shows e turnês. – Então ela começou a mexer nos cassetes que estavam no console central do carro, para ver se tinha algo que valia a pena escutar.

– Cara, isso aqui é velho mesmo! – ela riu, olhando as etiquetas gastas das fitas, a maior parte de bandas dos anos 80. – Você precisa renovar isso aqui, urgentemente.

Ryan sorriu.

– Esse carro era do meu pai. Tudo aí foi dele. – Dizendo isso, ele a olhou demoradamente, fazendo Elissa se lembrar da maneira como Luca costumava olhá-la durante os últimos meses. Os olhos dele passearam pelos seus lábios e pela blusinha ensopada, depois pararam nos cachos de cabelo loiro grudados em suas bochechas por causa da água.

– E então? Você e sua mãe vieram para Woodshire para ficar? – ele finalmente perguntou.

Elissa desviou o olhar, notando o chaveiro pendurado na ignição – mais uma velharia: uma bola oito mágica, dessas que respondem às suas perguntas quando você chacoalha. Elissa esticou o braço e a alcançou, sua mão pairando a poucos centímetros da perna direita de Ryan. Então ela a virou e leu surpresa o que estava escrito: – Tudo indica que sim – leu em voz alta, sorrindo.

Ryan deu risada e, pela primeira vez, ela imaginou se ele não tinha algo de especial, esse garoto que todos descreviam como se fosse o maior esquisitão. Enquanto dirigia, ele continuou alternando o olhar entre Elissa e a pista, até finalmente parar o carro em frente à casa dela. Sem saber muito bem o que fazer, os dois ficaram ali sentados imóveis por alguns instantes, em silêncio.

– Esse lugar é tão quieto – ela disse, abaixando o vidro para deixar um pouco de ar fresco entrar. Enfim a chuva tinha parado. Ryan desligou os faróis e eles ficaram sozinhos na escuridão. – É bem diferente do lugar de onde eu venho.

– É ainda mais quieto ao amanhecer – Ryan disse, se arrumando no banco e chegando um pouco mais perto de Elissa.

– Mas o que você faz acordado tão cedo?

– Eu sento no quintal e só escrevo. Histórias na maioria. Parece mais fácil. Gosto do amanhecer porque ainda estão todos dormindo. É como se as melhores ideias estivessem pairando por aí, sem que ninguém as tivesse pescado ainda. – Ele se virou para ela e seus olhos se encontraram. – Você entende o que eu digo?

Novamente, Ryan a estava estudando – primeiro seus olhos desceram para os ombros descobertos de Elissa, depois para a sua blusa, o tecido molhado colado na pele.

– A vida é melhor quando o resto do mundo está dormindo – ela disse. Então olhou para baixo e viu que os dedos dos dois estavam a poucos centímetros de distância. – Valeu pela carona, Ryan.

– De nada – ele disse suavemente, entregando a ela a mochila. Elissa caminhou pelo gramado da frente de sua casa, se sentindo mais leve do que tinha se sentido o dia todo. Tudo o que tinha acontecido na casa da Caitlin parecia menos doloroso agora. Ryan Jacobsen era normal, gentil... até mesmo um pouco sexy. Será que aquilo era coisa da cabeça dela – a maneira como ele a olhava, parecendo que queria devorá-la? Antes de Elissa sair do carro, ele a estava encarando de um jeito diferente, com aqueles olhos castanhos profundos, cada vez se aproximando mais, os rostos dos dois a apenas um palmo de distância.

Enquanto subia as escadas da frente, Elissa olhou para trás uma última vez. Ryan ainda estava lá, inclinado sobre o banco do passageiro, observando enquanto ela entrava em casa. *Não*, ela pensou, enquanto um sorriso tomava conta de seus lábios. *Definitivamente não imaginei aquele olhar.*

Dentro de casa, tudo estava em silêncio. Elissa deixou a mochila no chão e foi direto para a cozinha, atrás de algo para comer. A geladeira estava praticamente vazia. As opções eram o resto do espaguete do outro dia, um pote de picles fechado, algumas fatias de queijo e uma bandeja de algo que ela não tinha muita certeza do que era – alguma coisa entre salame e rosbife. Elissa escolheu o queijo e enrolou as fatias, como costumava fazer quando era criança. Mas mesmo comendo alguma coisa, ela ainda se sentia vazia. Seu estômago estava agitado. Sem falar na dor de cabeça, uma pequena recordação da festa – não apenas da vodca com limonada, mas também, e principalmente, do incidente com Tyler.

Ela se sentia enjoada só de pensar nas mãos dele tocando seu corpo, na maneira como ele havia tentado imobilizá-la na cama. Tyler tinha tanta certeza que ela o queria, que não estava nem um pouco preocupado se teria que obrigá-la a perceber isso. Quantas outras garotas já tinham passado pela mesma coisa com aquele babaca? Quantas delas será que tinham tentado resistir?

Elissa olhou para o relógio: 21h53. Em menos de doze horas ela estaria na escola novamente, completamente sozinha, tentando puxar conversa com a garota gótica que sentava ao seu lado na aula de Matemática. Se hoje já tinha sido um dia difícil, amanhã seria ainda pior. Agora ela teria que fazer de tudo para evitar Caitlin "já-pra-fora-da-minha-casa" Aberdeen e Tyler com seu grupo de amigos chapados. Decepcionada, Elissa se lembrou da imagem de toda aquela gente amontoada na escada, dando risada enquanto ela tentava tirar seu telefone das mãos de Tyler. Ainda dava para sentir aqueles olhares todos a perseguindo.

Ela ainda estava pensando em Tyler e remoendo aquilo tudo, quando sua mãe desceu as escadas. O som dos passos de Sarah a assustou.

– Eu não sabia que você já estava em casa – Elissa disse. – Acho que não reparei no carro lá fora.

Sarah chegou perto dela, colocando a mão em seu ombro.

– Mais uma vantagem da nossa nova casa, querida: a garagem. Mas me desculpe, eu não queria assustar você.

– Não... tudo bem – Elissa respondeu, não se sentindo nem um pouco bem, na verdade. Mesmo a leveza provocada pelo encontro inesperado com Ryan Jacobsen tinha desaparecido, dando lugar a uma sensação de pavor.

– Foi a mãe do Tyler quem te trouxe para casa? Eu queria dar um oi para ela. Sarah pegou uma fatia de queijo enrolada e deu uma mordida.

– Não... – Elissa olhou para o lado, se perguntando se devia contar a Sarah tudo que tinha acontecido. – Ryan Jacobsen me deu uma carona.

Sarah não esperava por aquilo, uma expressão séria tomou conta de seu rosto.

– E, por acaso, a senhorita gostaria de me contar como acabou pegando carona justo com Ryan Jacobsen?

Não – ela não ia contar a Sarah o que tinha acontecido mais cedo. Sua mãe mal conseguia escutar o nome Ryan Jacobsen sem sair do sério. Como ela se sentiria descobrindo que Tyler Reynolds, o garoto perfeito, presidente do Fundo de Combate à Fome, não passava de um estuprador metido a galã?

– Ninguém queria me dar carona, então resolvi vir a pé. Ele me viu na rua e se ofereceu para me trazer. Fim da história.

Sarah cruzou os braços.

– E você simplesmente foi entrando no carro de um estranho qualquer? A essa hora da noite? Por que você não me ligou? Eu podia ter ido até lá.

– Tá certo – Elissa murmurou. Quando foi que Sarah já tinha ido buscá-la em algum lugar antes?

Ela sabia muito bem o que estava acontecendo. Era algo na maneira como Sarah tinha dito "um estranho qualquer". Ela tinha se voltado contra Ryan Jacobsen antes mesmo de conhecê-lo. Tinha engolido cada palavra dos Reynolds, tinha comprado todo aquele papo sobre Ryan não passar de um desajustado. Mas o que é que eles sabiam? Quem eram eles para falar qualquer coisa a respeito de valores familiares? Eles estavam ajudando o filho a promover um projeto de caridade que não passava de uma desculpa para fazer festa e usar drogas.

– E então... – Sarah tentou mudar de assunto. – Como foi a reunião? – Um pequeno sorriso se formou em seus lábios.

Elissa olhou bem nos olhos da mãe. Ela queria dizer a verdade. Seria muito mais fácil contar tudo nos mínimos detalhes. Mas Sarah estava tão esperançosa, tão determinada, que ela não quis arruinar seu sonho de que aquela cidade era a solução para todos os problemas. Pelo menos não até que precisasse fazer isso...

– Aquele Tyler é um verdadeiro babaca – foi tudo o que disse.

– Só porque ele vai bem na escola e quer entrar em uma boa faculdade? – Sarah lançou um olhar irônico.

Agora, Elissa queria gritar. Ela já tinha passado o dia todo sozinha na escola, depois tinha sido atacada por um idiota chapado e expulsa de uma festa à qual não queria ter ido desde o princípio. Só o que faltava agora era ser obrigada a escutar um sermão de sua própria mãe. Ela não aguentava mais aquilo – o dia tinha que acabar de uma vez. A única coisa boa sobre ele, na verdade, é que já estava quase no final.

Elissa se levantou e passou direto por Sarah, sem se virar para trás.

– Tudo bem – disse, olhando para o lado, enquanto as lágrimas escorriam dos seus olhos. – Por hoje chega.

CAPÍTULO 5

Na hora do intervalo na escola, Elissa caminhava no pátio gramado, procurando entre as longas mesas de piquenique um lugar para se sentar. Primeiro, avistou a mesa do pessoal tecnológico, com seus enormes fones de ouvido ao redor da cabeça. Mais adiante, viu uma mesa de garotas magrelas com cortes de cabelo idênticos, sentadas lado a lado, comendo sua salada e conversando animadamente. Então seus olhos encontraram Tyler, Caitlin, Zak e o resto do pessoal que se preocupava com o "Combate à Fome". Tyler acenou com toda a naturalidade, como se ontem mesmo não tivesse tentado abusar dela.

Elissa só lançou um olhar inexpressivo e mudou de direção, encontrando uma sombra debaixo de uma árvore. Chegando lá, sentou-se na grama, tirou da mochila um sanduíche e, enquanto comia, para não se sentir a maior perdedora do mundo, se ocupou com um jogo no telefone, leu alguma coisa para a aula mais tarde e mandou algumas mensagens para os amigos em Chicago. Já tinha passado o dia todo sozinha na escola ontem – isso não era nada com que ela não pudesse lidar.

Estava quase terminando de esboçar uma bola de futebol em um software de desenho, quando notou alguém se aproximando. Tyler parou diante dela, com os braços cruzados na frente do peito, os olhos focados em algum ponto distante.

– Eu queria ter certeza de que estava tudo bem com você – foi dizendo, em voz baixa. – Você sabe... Por causa do nosso pequeno mal entendido na casa da Caitlin.

Mal entendido?! Ele tinha mesmo dito aquilo? Pelo menos, parecia que Elissa nunca mais teria que acertar uma joelhada nas bolas do maldito de novo.

– Não teve nenhum mal entendido. – Ela o encarou, até que ele a olhasse nos olhos. – Eles costumam chamar aquilo de tentativa de estupro. E se você chegar perto de mim de novo, vou falar com a polícia. E você vai poder colocar isso no seu registro escolar, se quiser.

Tyler ficou ali parado, de boca aberta, um pouco surpreso com a reação dela. Elissa enfiou o telefone na mochila, se levantou e saiu andando, sem conseguir suportar nem mais um segundo na presença dele. Mal entendido é quando alguém combina de se encontrar com você às nove da manhã e você só aparece às nove da noite. O que ele tinha feito era muito diferente. Ele a jogou na cama e pulou em cima dela. O que teria acontecido se ela não tivesse conseguido escapar, se estivesse bêbada demais para ser capaz de fugir? E se ela tivesse congelado de medo e não conseguisse lutar para se salvar? Só de pensar nisso, seu sangue começou a ferver.

Ela continuou andando pelo pátio, morrendo de raiva, quando escutou alguém chamar seu nome.

– É Elissa, não é? – a pessoa perguntou.

Era a garota que Elissa havia encontrado vomitando no banheiro da festa e que tinha caído no sono ali mesmo. Ela estava bem diferente agora, com o cabelo ruivo alinhado e preso e com a camisa fechada até em cima.

– Eu me chamo Jillian – ela disse. – Obrigada por ter me ajudado ontem.

– Tudo bem. Nessas horas, uma ajudinha é sempre bem-vinda.

Jillian deu uma mordida no sanduíche que estava em seu colo.

– É que eu não sou de beber muito, sabe? Não bastasse você ter me encontrado daquele jeito, mais tarde eu ainda acabei vomitando no tapete do banheiro e a Caitlin teve um ataque. Ai que vergonha.

Elissa deu uma olhada na mesa de Tyler. Todos ali estavam na festa. Um grupinho de seis pessoas que andavam sempre juntas. Um garoto estava com dois canudos enfiados no nariz enquanto os outros riam descontroladamente.

– Qual é a desse pessoal, hein? – Elissa perguntou, se sentindo enojada. – Por que você estava com eles naquela festa?

– Não tenho muita certeza, para dizer a verdade. Eu costumava sair com o Tyler, mas ele é tipo um... tipo um... – Jillian parecia não saber como terminar a frase.

– Tudo bem, deu para entender, sei bem qual é o "tipo" dele – Elissa disse. – Tipo imbecil, para dizer o mínimo.

Jillian deu risada, revelando seus dentes perfeitos, à custa de muitos tratamentos, com certeza.

– Mas e você? Está sendo bem recebida aqui na *Woodshire High School*? Aposto que está com saudade dos amigos antigos.

Elissa abaixou a cabeça, lembrando-se de Luca e Laticia, seus amigos mais próximos em Chicago. Desde que tinha se mudado para Woodshire, ela ainda mantinha contato com eles por SMS, mas também conseguia senti-los se afastando aos poucos. A cada nova mensagem que enviava, os dois demoravam mais e mais para responder. Enfim, ela começou a se perguntar o que afinal de contas havia de comum entre eles, além do fato de curtirem fumar um baseado juntos e matar aula no bosque atrás da escola. Pensando bem, ela não sabia absolutamente nada a respeito dos irmãos mais velhos de Laticia, nem sobre a escola alternativa que ela tinha frequentado antes das duas se conhecerem – elas nunca tinham conversado sobre isso. Elissa, por outro lado, também nunca tinha contado a ela nada sobre seu pai, nem sobre a briga que ele teve com Sarah, na noite em que foi embora.

– Mais ou menos – Elissa respondeu, meio sem saber o que dizer. – Você tinha que ver o lugar de onde venho. Não era em nada parecido com isso aqui.

Ela queria continuar falando sobre a escola antiga e contar a Jillian sobre os detectores de metais na entrada ou sobre a lista de peças de roupa que você não devia vestir se não quisesse ser confundido com um membro de alguma gangue. Jillian era a primeira pessoa na cidade a querer saber algo sobre sua vida e Elissa estava com esse desejo estranho de botar tudo para fora. Mas, antes que ela pudesse começar a dizer qualquer coisa, dois garotos se aproximaram. Um deles mais parecia o irmão gêmeo de Jillian, com seu cabelo ruivo repartido do lado direito.

– Elissa, esse é o meu irmão, Jake e esse aqui é o Robbie.

– Eu ouvi dizer que você tocava em uma banda – Robbie disse. Ele era mais baixo que Jake e usava óculos estilosos e calça jeans preta bem justa.

Como você sabe disso? Elissa se perguntou, sem conseguir evitar que a expressão em seu rosto perguntasse o mesmo. Na outra manhã, Ryan Jacobsen a tinha escutado tocando violão e cantando – seria possível que mais alguém também tivesse ouvido?

– Foi o Google que me contou – Robbie riu. – Sabe como é, querida. Hoje em dia, nada mais é segredo. Mas isso não interessa. O que importa é que você canta, eu toco bateria e o nosso amigo Jake aqui toca baixo. Isso tem cheiro de coisa boa, não tem?

Elissa ficou vermelha com a ideia de ele ter encontrado seu antigo *site*, um que tinha criado quando estava determinada a "botar a boca no mundo". Todas as suas composições próprias estavam ali. No fundo, ela tinha esperança de que seu pai pudesse escutar e resolvesse ligar ou aparecer. Mas isso nunca aconteceu.

Com um pouco de dificuldade, Robbie tirou do bolso da frente de suas calças ultrajustas um panfleto verde, dobrado cuidadosamente em várias partes. Depois o entregou a Elissa – o papel ainda úmido de suor. Mesmo não estando muito interessada em ter contato com os fluídos corporais de ninguém, ela desdobrou o panfleto e não pôde deixar de sentir um leve entusiasmo com o que estava escrito no topo, as letras acompanhando a forma de uma guitarra: FESTIVAL DE BANDAS. A essa altura, os pés de Robbie não paravam de se mexer de ansiedade dentro dos tênis.

– E aí? O que você acha? – Jake perguntou. – Tá a fim de tocar com a gente?

Elissa apertou os olhos e fez cara de dúvida.

– Mas e se vocês forem uma droga – perguntou, em tom de brincadeira. A verdade é que já tinha sido convidada para tocar em muitas "bandas" – pelo menos, o bastante para saber que as boas são as mais raras. E não havia ideia pior no mundo para ela do que ficar em cima de um palco tentando tocar alguma coisa enquanto os outros ao seu redor mal conseguem acompanhar o ritmo.

– Não precisa se preocupar, a gente manda bem – Robbie argumentou, tirando um *pen drive* da mochila e o entregando a Elissa. – Aqui tem uma gravação nossa. Dá uma ouvida e vê o que você acha. Se curtir, é só aparecer. Amanhã é dia de ensaio.

Jake e Robbie saíram andando pelo pátio, deixando Elissa sozinha para pensar sobre a proposta. O fato é que ela nunca tinha tocado em uma banda de verdade antes, a não ser que se considerasse aqueles meses antes de seu pai ir embora. Os dois passavam as noites mais deliciosas, espremidos ao redor da mesa da cozinha, seu pai movendo os dedos tão rápido no braço da guitarra, que ela mal conseguia reconhecer os acordes. Enquanto ele tocava, Elissa tentava cantar e arranhar alguma coisa no violão, e, às vezes, Sarah se juntava a eles para cantar também. Agora ele vivia mais distante que nunca das duas, como baixista do *The Constants*, uma banda *indie* pequena que costumava fazer a maior parte dos shows na Europa. Elissa se perguntava se Robbie tinha descoberto isso também – e se essa era a verdadeira razão pela qual eles a tinham chamado para tocar.

Jillian estava ao lado dela, olhando por cima de seu ombro o panfleto do festival.

– Eles são bons mesmo, pode acreditar – disse, animada. – Você devia ir ao ensaio. Também acho que vou. E você tem razão, já passou da hora de deixar o Fundo de Combate à Fome para lá, junto com todo aquele pessoal nada a ver.

Então Jillian deu um sorriso e enroscou um de seus braços no braço de Elissa, algo que ela normalmente odiaria. Mas ali, de braços dados com sua nova amiga e com a possibilidade de tocar em uma banda surgindo no horizonte, Elissa começou a se sentir à vontade e entusiasmada, como ainda não tinha se sentido em Woodshire. Talvez – mas só talvez – sua mãe tivesse razão. Esse podia mesmo ser um recomeço para as duas.

CAPÍTULO 6

Encostada no balcão, vestindo seu uniforme de enfermeira, Sarah aguardava que lhe servissem seu café. Apreensiva, conferiu o horário no relógio da cafeteria do hospital. Passava um pouco das três da tarde, o que significava que as aulas já haviam terminado e que Elissa estava voltando para casa... provavelmente. Durante os dois últimos dias, Sarah só conseguia pensar que, quando chegou em casa na outra noite, sua filha estava com uma cara estranha. E quando ela lhe perguntou como tinha sido o primeiro dia na nova escola, a garota ficou paralisada por um segundo e depois só deu respostas vagas. Isso não era nenhuma novidade para as duas, é verdade. Mas havia algo diferente. Elissa parecia um pouco transtornada... até mesmo com medo. A única coisa que disse foi que tinha ido à reunião do Fundo de Combate à Fome e que, depois, Ryan Jacobsen tinha lhe dado uma carona de volta para casa.

Será que ele tinha feito algo a ela? Elissa podia ter razão sobre os Reynolds – eles eram gente de cabeça fechada, com certeza. Mas era *mesmo* muito estranho aquele garoto viver na casa onde seus pais tinham sido assassinados. Que tipo de pessoa fica tranquila com uma coisa dessas? E por que ninguém na cidade parecia conhecê-lo? Sarah já o tinha visto sair de casa no meio da madrugada duas vezes na última semana, acordada pelo barulho nada discreto do carro velho que ele dirigia.

A atendente entregou o café e ela se virou, notando o policial que estava parado do lado de fora da entrada principal do hospital. Ele devia ter apenas alguns anos a mais que Sarah, com seus olhos castanhos e o cabelo preto sem um fio sequer fora do lugar. Ela simplesmente não conseguiu evitar. Antes que se desse conta, já estava do lado de fora, encostada na parede ao lado dele, batendo o pé ansiosamente, tentando imaginar uma maneira de chamar sua atenção.

– Você está nervosa – o policial perguntou, olhando para o pé de Sarah. Então deu um sorriso amigável e uma covinha se formou em sua bochecha direita. – Desculpe, acho que a culpa é toda minha. Costumo ter esse efeito sobre as mulheres. Juro que estou tentando não ser tão irresistivelmente charmoso.

Sarah deu risada. Será que aquele sujeito estava tentando paquerá-la?

– Não, não – ela começou a se explicar. – É que eu queria perguntar uma coisa. Meu nome é Sarah, Sarah Cassidy.

– Bill Weaver – ele respondeu, estendendo a mão.

– Escute Bill. Minha filha tem dezessete anos e nós acabamos de nos mudar para a cidade. Alugamos uma casa na Sycamore Lane. E...

Ele a interrompeu.

– E você queria saber se é possível uma mulher como você ter uma filha de dezessete anos. A minha reposta é não, sem dúvida.

Sarah sorriu. Aquele sujeito estava *definitivamente* tentando paquerá-la.

– A minha dúvida é sobre Ryan Jacobsen, na verdade. – Quando ela tocou no nome do rapaz, a expressão de Bill ficou séria e suas sobrancelhas se uniram. – Ele deu uma carona a Elissa um dia desses. O que não tem nenhum problema, eu acho. Mas eu o vi saindo de casa no meio da noite e achei um pouco estranho. Não sei, pressentimento de mãe. Eu só estava me perguntando se você não saberia nada a respeito dele. Se ele é um garoto... – Sarah deixou a frase no ar, não querendo soar preconceituosa.

– Normal?

– Exatamente – Sarah respondeu. – Sabe como é. Descobrir que seus pais foram assassinados pela sua própria irmã... É algo um tanto intenso, para dizer o mínimo.

Bill encostou na parede, secando a fina camada de suor sobre a sua testa.

– Entendi. Na certa você já andou escutando comentários do gentil povo desta cidade. Bom, fui eu quem deu a notícia a ele e à tia. Dirigi três horas, rumo ao norte, para contar pessoalmente. Ryan morava com essa senhora completamente senil, que mal conseguia completar uma frase. A impressão que tive foi a de que era ele quem cuidava dela, e não o inverso. Os dois acabaram se mudando para cá, até que, no ano passado, ela morreu. O garoto teve uma vida dura. A verdade é que eu nunca tive qualquer problema com ele. E, até onde eu sei, nenhuma outra pessoa teve também. Mas é claro que tem muita gente por aí falando besteira por causa do valor das propriedades, não é isso?

Sarah estava envergonhada, olhando para o nada. Será que ela era tão mesquinha quanto aquela mulher afetada no churrasco dos Reynolds? Elissa ficaria indignada e surpresa se soubesse que ela estava perguntando sobre Ryan Jacobsen ao primeiro policial que aparecesse em sua frente.

– Eu acho que sim... – ela disse.

Bill olhou para ela, descansando a mão sobre o rádio preso em seu cinto.

– Sinto muito. Eu não queria ser grosso. Só o que sei é que o Conselho da Cidade está tentando arrancar o coitado do garoto daquela casa a todo custo, e isso me tira do sério. Ele tem todo direito de permanecer lá – aquela casa ainda é dele.

Sarah sabia, logicamente, que ele tinha razão. Se Ryan Jacobsen oferecesse algum perigo, não devia haver sinais mais óbvios? Durante anos ele morou naquela casa, e tudo que os vizinhos tinham para reclamar era a pintura descascada e o gramado não aparado. As pessoas falavam sobre o duplo-assassinato como se o coitado do garoto tivesse algo a ver com ele, só por ser irmão de Carrie Ane. Mas a verdade é que ele não estava nem por perto. Ryan não tinha feito nada de errado.

– Muito obrigada, oficial – Sarah disse, se dirigindo às portas automáticas do hospital. Seu intervalo estava acabando e o médico encarregado naquela tarde era um verdadeiro pé no saco.

– Me chame de Bill, por favor – ele corrigiu. – A gente se vê por aí?

O policial estava sorrindo e lá estava a covinha em sua bochecha novamente.

– Claro, *Bill* – Sarah disse por cima do ombro, entrando no hall do hospital e sentindo o choque do ar-condicionado. Caminhando na direção dos elevadores, ela jogou o copo de café vazio no lixo. Bill tinha razão – Ryan era uma vítima nessa história. O garoto tinha o direito de viver naquela casa – e não é porque, às vezes, gostava de dirigir por aí no meio da noite, que haveria algo de errado com ele. Talvez só estivesse tentando esvaziar um pouco a mente, ou talvez não conseguisse ficar sozinho dentro daquela casa em certos momentos.

Sarah entrou no elevador, sentindo aquele friozinho na barriga quando ele arrancou para subir. Já no décimo andar, enquanto se dirigia ao seu posto, ainda não tinha conseguido deixar para trás a inquietação. Lembrou-se dos faróis do carro de Ryan iluminando a janela de seu quarto por um momento, no meio da madrugada. Se Bill tinha razão, e ele não era mesmo perigoso, então por que ela ainda sentia calafrios só de imaginar Elissa dentro daquele carro?

CAPÍTULO 7

Elissa subiu a escada lateral, tomando o cuidado de pular os degraus quebrados. Bateu na porta duas vezes, notando pelo vidro embaçado que Ryan estava lá dentro, debruçado sobre seu laptop. Algumas sacolas de compras estavam amontoadas em cima do balcão da cozinha.

– Ei... sou eu... – ela disse, abrindo a porta, que rangeu ao menor movimento. – Eu fiz um CD para você.

Ryan ainda gastou mais alguns segundos no computador, antes de se virar para ela. Ele parecia nervoso, como se tivesse sido pego fazendo alguma coisa errada. Elissa se aproximou mais alguns passos e pôde ver o que havia na tela. Ryan estava olhando o antigo *site* dela. A primeira música que tinha escrito na vida – Luz do dia – estava pausada, já na metade.

– Essa é a minha página – ela disse, não conseguindo acreditar em seus olhos.

– Eu queria ouvir mais das suas músicas – Ryan murmurou, sem graça. – Isso não é esquisito demais, é?

– Não, a não ser que você não goste delas – ela respondeu, se aproximando mais.

Ryan olhou para o chão, parecendo ainda mais envergonhado que antes.

– Na verdade, eu gostei muito. Suas músicas são lindas.

Elissa sorriu e deu um soco de brincadeira bem no meio do peito de Ryan.

– Certa resposta – exclamou, dando risada. Então deu uma olhada ao redor, finalmente se dando conta de que estava dentro da casa – a casa dos Jacobsen, a casa sobre a qual tanto tinha ouvido falar, antes mesmo de poder vê-la. O cheiro era de humidade e mofo – e, às vezes, de desinfetante. O sofá de poliéster tinha uma estampa bizarra, que mais parecia saída de um episódio de *That 70's Show*. Uma porção de desenhos amarelados estavam grudados na geladeira. No balcão, ao lado da pia, entre outras coisas, havia três pacotes de pão, uma pilha de comida congelada e umas vinte latas de alimentos variados.

– Você está estocando comida? Tem algum tipo de abrigo secreto aqui? – Elissa perguntou, descontraída.

Ryan ficou vermelho.

– Eu não gosto de ir até a cidade mais do que o necessário. – Elissa notou as finas grades de metal nas janelas. Ela tinha escutado rumores na escola: mais de uma vez, baderneiros insanos apareceram na casa de Ryan, atirando pedras nas janelas. As coisas chegaram ao ponto de alguém tentar incendiar o sobrado de uma vez por todas. Em parte, Elissa entendia como era. Seu antigo apartamento em Chicago podia não ter sido alvo de vândalos, mas os roubos e o som de tiros não eram nada raros em sua vizinhança. As janelas também tinham grades e a saída de incêndio era protegida com arame farpado.

Elissa mostrou o CD.

– Eu queria que você escutasse uma coisa. – Sem cerimônia, ela foi entrando na sala de estar, onde havia um antigo aparelho de som em cima de uma prateleira, cercado de romances de capa dura. Ao redor, mais uma porção de pilhas de livros por todo lado. Elissa pegou um aleatoriamente, no topo de uma delas – "Arcadia", de Tom Stoppard.

– Dá para ver que você gosta de ler – disse, enquanto Ryan entrava na sala. Ela o observou por alguns segundos. Naquele lugar, começou a entender o que ele fazia com o seu tempo livre. Ryan devia ser um desses caras que passam dias inteiros lendo, estudando, contentes com a solidão. E com quem, nesta cidade, ele poderia ter qualquer conexão, afinal de contas? Quase todo mundo que conhecia a história dos assassinatos, devia estar convencido de que sabia exatamente quem ele era, antes mesmo de conhecê-lo. A verdade é que eles nunca lhe deram a chance de provar o contrário.

Um pouco nervoso, Ryan passou as mãos na cabeça, tirando alguns fios de cabelo da testa. Suas bochechas ficaram vermelhas, como se ele não estivesse acostumado a receber tanta atenção de alguém.

– Vamos ouvir logo? Estou curioso para saber o que você tem aí – disse finalmente, enquanto ligava o aparelho de som.

Elissa colocou o CD para tocar e uma voz suave e rouca tomou conta da sala. *Continuum* era o nome da banda. Ela era obcecada por eles desde o dia em que seu pai lhe mostrou uma música pela primeira vez. Simplesmente adorava o timbre áspero da voz do cantor e a maneira como o piano preenchia todos os espaços ao fundo. Parada a poucos centímetros de Ryan, ela o observava enquanto ele apreciava o som.

Balançando levemente a cabeça no ritmo da música, ele sorriu.

– Você gosta desse tipo de música? – ela perguntou, estudando sua expressão.

– Gosto sim – ele respondeu. E então fez aquela coisa de novo: seus olhos passearam pelos lábios de Elissa, pelo seu rosto, descendo pelo pescoço até o decote da camiseta gola V que ela estava vestindo. – Gosto muito.

Elissa desviou o olhar, sentindo-se agitada por dentro. O que havia em Ryan Jacobsen que a deixava tão sem graça? Enquanto ele escutava a próxima canção, ela caminhou pela sala, olhando ao redor, dando atenção especial às fotografias penduradas na parede. Uma delas devia ser dos pais de Ryan. O jovem casal estava com roupas de casamento e a noiva olhava direto para a câmera, seus olhos azuis brilhando. Elissa se virou para Ryan novamente, esperando que ele dissesse alguma coisa, mas ele ainda estava parado ao lado da estante, perdido em seus próprios pensamentos.

Então ela continuou andando, até alcançar um corredor estreito, onde havia mais prateleiras com livros. Elissa estudou alguns dos títulos, deixando-se levar pela música que chegava do outro cômodo. Poucos passos adiante, havia uma porta. Ela virou a maçaneta sem pensar, imaginando que haveria um banheiro ali. Ao invés disso, se deparou com um quarto pequeno. As paredes eram cheias de círculos brilhantes – verdes, roxos e cor-de-rosa. A cama estava coberta com uma colcha mofada. Como se algo a estivesse atraindo, Elissa deu alguns passos para dentro, reparando no baú de madeira, no canto do quarto.

Então percebeu que Ryan estava se aproximando no corredor. Se virou, imediatamente, arrependida pelo que tinha acabado de fazer.

– Desculpe, Ryan... Eu não devia ter entrado aqui. Não sei o que deu na minha cabeça.

Enquanto se explicava, ela tentou sair do quarto, dando a volta ao redor de Ryan, mas ele bloqueou sua passagem.

– Não precisa sair – ele disse, olhando as paredes do quarto. – Eu não vinha aqui há um bom tempo. – Ele parecia estranhamente calmo enquanto passava por Elissa e examinava o ambiente. Pegou um urso de pelúcia de cima da cama e espanou o pó com a mão.

Ansiosa, Elissa fez um rabo de cavalo em seu cabelo loiro e o apertou bem forte. Por que, afinal de contas, ela tinha aberto aquela porta?

– Ryan, me desculpe. De verdade.

Ryan se virou para ela e seus olhares se encontraram.

– Quando eu vim para cá, deixei o quarto exatamente igual, para o caso de ela voltar.

– Há quanto tempo foi isso? Quatro anos? – Elissa perguntou.

– É, eu sei. – Ryan deixou escapar uma risada triste. – Estúpido da minha parte, não é? Eu até costumava deixar umas coisas para ela no bosque, comida, cobertores, mesmo sabendo que ela jamais conseguiria sobreviver lá fora. A coitadinha deve ter passado fome até a morte. Ela era incapaz de se virar sozinha. Precisava de cuidado constante. Meu pai queria mandá-la para algum lugar especializado, mas minha mãe nunca permitiu. É por isso que eles me mandaram embora. Eles já tinham muito com que se preocupar.

Elissa abaixou a cabeça, sem ter certeza se devia fazer perguntas sobre aquilo. Todo mundo na cidade falava sobre Carrie Anne, mas ninguém nunca disse o que aconteceu com ela – como ela ficou daquele jeito.

– Mas o que aconteceu? Com a sua irmã...

– Nós estávamos brincando e ela caiu e bateu a cabeça. – Ryan olhou para baixo, para o urso de pelúcia. – Ela estava brincando com esse urso naquele dia. Eu tinha sete anos e ela, cinco. Ela adorava aquela brincadeira. Me lembro dela arrancando o urso da minha mão e depois correndo pela casa, fugindo de mim. Eu a persegui até lá fora, no quintal, e pulei em cima dela, e nós lutamos até eu pegar o urso de volta. Nós ficamos ali, rindo por um tempo, e então fizemos a mesma brincadeira que sempre fazíamos: ver quem conseguia ir mais alto no balanço.

Elissa conseguia ver a imagem da garotinha segurando as correntes do balanço, suas perninhas a impulsionando para frente e para trás, seus cabelos loiros se afastando e se aproximando do seu rosto com o movimento. E Ryan balançando ao lado dela, tentando alcançar sua mão sem nunca conseguir, com os dois balanços fora de sincronia – quando um ia, o outro já estava voltando e, quando voltava, o outro já tinha ido.

– Por alguns segundos eu olhei para cima, para a janela do quarto dos nossos pais – Ryan prosseguiu. – Queria ver se eles estavam olhando. Nos fins de semana, eles não saíam de dentro do quarto. As cortinas ficavam fechadas e uma fumaça vazava por baixo da porta. Os dois sempre pareciam estar em mundo distante – hoje eu sei que estavam enfrentando um vício. Mesmo assim, eu estava olhando para cima, esperando que eles nos vissem. E foi então que Carrie Anne caiu. Ela despencou do balanço e caiu no chão com força. A última coisa de que me lembro é de estar ao lado dela, sem saber o que fazer, só gritando, desesperado. Ainda demorou um bom tempo para eles saírem de dentro de casa para ver o que tinha acontecido.

Elissa soltou a respiração, que não havia percebido estar prendendo. Que história horrível aquela.

Ryan não tirou os olhos do urso, enquanto se lembrava e continuava contando.

– Quando ela acordou, parecia outra pessoa. Ela tinha sofrido dano cerebral. Passava o dia todo gritando, quebrando coisas pela casa.

– É por isso que todas as janelas aqui têm grades? – Elissa perguntou, sem saber direito o que dizer.

– Sim. Ela parecia nunca saber o que as coisas eram nem onde estava. O menor descuido dos meus pais era o bastante para ela se enfiar no bosque e sumir entre as árvores. As grades serviam para mantê-la dentro de casa. Mas hoje elas também são úteis. Servem para me proteger quando as pessoas simpáticas dessa cidade resolvem vir me visitar.

Os dois continuaram no quarto por algum tempo, em silêncio. Ryan ainda mantinha o urso de pelúcia entre as mãos, olhando para ele como se o estivesse vendo pela primeira vez. Elissa queria dizer algo para reconfortá-lo, mas tudo em que pensava parecia falso, errado. Ela queria dizer que entendia, mas isso não era verdade. Mesmo as piores coisas pelas quais já tinha passado – o divórcio dos seus pais, seu pai desaparecendo de sua vida – não eram nada perto daquilo. Então, ao invés de dizer qualquer coisa, ela alcançou a mão de Ryan e a apertou, balançando levemente.

E foi como se isso o tivesse despertado de um transe. Ele deixou cuidadosamente o urso sobre a cama e levou Elissa de volta para o corredor.

– Eu não gosto de vir para esta parte da casa – disse suavemente. Então fechou bem a porta atrás de si.

Elissa olhou para ele com vontade de abraçá-lo, mesmo eles tendo se conhecido havia apenas três dias.

– Então nós não vamos mais voltar aqui – ela disse, puxando-o para a sala de estar, onde a música ainda estava tocando. – Prometo que não vamos.

Elissa se sentou na cama de Ryan, ao lado dele, os dedos dos dois a poucos centímetros de distância. O quarto era pequeno demais para os dois. Havia apenas uma cama estreita e uma mesa. O teto era inclinado e, nele, havia uma janela que dava para o quintal. Na parede, ficava pendurado um retrato enquadrado. Nele estavam seus pais, um com o braço ao redor da cintura do outro. Carrie Anne estava de pé na frente, segurando seu urso de pelúcia e Ryan, ao lado dela. Ele parecia tão sério. Era o único ali que não estava sorrindo.

– Então essa era Carrie Anne – Elissa disse, estudando a garotinha loira de olhos azuis brilhantes com a mão da mãe sobre o ombro. – Os olhos dela são tão azuis.

Ryan se inclinou para frente, seu ombro pressionando o de Elissa, enquanto ele examinava aquela imagem do passado.

– Ela era o coração da família. Depois do acidente as coisas mudaram muito. Meus pais pioraram cada vez mais.

– Como assim... pioraram? – Elissa perguntou.

Ryan balançou a cabeça, como se não quisesse muito falar sobre aquilo.

– É só que tudo ficou muito diferente...

– Foi então que eles mandaram você para longe? – Ryan olhou ao redor e seus olhos se encontraram com os de Elissa. Ele não respondeu a pergunta e ela não quis pressionar. – Eu sei que não é o mesmo, mas as coisas também mudaram muito depois que meu pai foi embora. É como se tudo se dividisse em antes e depois da partida dele. É difícil saber que ele está em turnê em algum lugar, viajando por aí sem mim e a minha mãe. Às vezes eu fico me perguntando se ele pelo menos se importa um pouco comigo, se ele se lembra de mim de vez em quando.

– Mas ele deve lembrar, não é mesmo? – Ryan disse. – Ele tem que pensar em você.

Elissa ficou olhando para frente, sem prestar atenção em mais nada. Ela não tinha notícias dele já fazia um ano. Às vezes, ainda seguia sua banda na Internet, acompanhando as paradas da turnê. Quando estava arrumando as coisas para a mudança em Chicago, enquanto ajudava Sarah a embalar os objetos da cozinha, ela pensava: *Berlim. Meu pai está em Berlim.* Quando os dias se passaram ela pensou, *Munique, Frankfurt, Amsterdã...* E o tempo todo, imaginava se ele se lembrava dela ou se estava satisfeito em ter deixado esta parte de sua vida para trás, nunca nem mencionando para os outros a filha que tinha nos Estados Unidos.

Elissa piscou, sem se dar conta do que estava vendo. A estrutura dos balanços ainda estava de pé do lado de fora, ao lado de um escorregador enferrujado.

– Eu sinto muito – ela deixou escapar. – Acho que um divórcio não é nada comparado ao que você passou. É só que... Eu nunca conversei com ninguém sobre isso antes.

Ryan sorriu, colocando a mão gentilmente em suas costas.

– Fico feliz que você tenha falado comigo. – Elissa pensou que ele fosse dizer mais alguma coisa, mas então ele se levantou e caminhou em direção às escadas. Ela o seguiu, pensando que aquilo devia ser uma dica de que já era hora de ir embora e deixá-lo sozinho. Ela se sentiu tola por ter falado aquilo, mesmo Ryan tendo dito que estava tudo bem. Ainda assim, achou estranha a maneira como ele levantou de repente da cama. Por que tinha feito aquilo? Era como se algum alarme interno tivesse tocado e ele tivesse percebido que tinha um compromisso em outro lugar.

No andar de baixo, a casa estava escura. Ryan entrou na cozinha e começou a mexer nas compras sobre o balcão como se Elissa não estivesse lá. Ela se sentiu um tanto constrangida, sem saber direito se devia ir embora ou ficar. Então pegou sua blusa de frio no sofá e apontou para aparelho de som.

– Aproveite o CD – ela disse, caminhando devagar em direção à saída. Ryan mal se virou para se despedir dela. – A gente se vê amanhã.

CAPÍTULO 8

Quando Elissa finalmente saiu, Ryan foi até a porta e ficou ali parado, esperando na varanda, observando enquanto ela atravessava o gramado.

– A gente se vê amanhã – ele gritou para ela. Elissa se virou para trás e ele acenou, sentindo os músculos do rosto duros e esquisitos. Ele nunca foi bom em fingir.

Ainda do lado de fora, ele olhou para o relógio na parede da cozinha. Assim que Elissa entrou em sua casa, ele também entrou rapidamente, pegou uma lata de sopa na pilha do balcão e a abriu. Depois virou o conteúdo dentro de uma tigela e colocou no micro-ondas. Um minuto e meio mais tarde, ele experimentou a temperatura com os dedos, se assegurando de que não estava quente demais. Então arrumou a tigela em uma bandeja, ao lado de alguns biscoitos. Ela ia gostar daquilo, ele sabia que sim. Biscoitos de chocolate sempre foram os seus prediletos.

Carregando a bandeja, Ryan foi até um canto da cozinha e abriu a porta do porão. Desceu as escadas, equilibrando a bandeja com todo cuidado, preocupado em não derrubar uma gota sequer da sopa. Lá em baixo, chutou para o lado um grande tapete e embaixo dele surgiu um alçapão. Deixando a bandeja no chão, ele o abriu, depois desceu a escada de metal que levava ao quarto secreto.

Ele mesmo tinha construído aquele lugar, apenas com a ajuda de alguns manuais de carpintaria. Foi ele quem comprou os materiais e cavou a terra, assegurando-se de que era fundo o suficiente para que ninguém mais a escutasse gritar. Lá embaixo, caminhou até a porta de metal de cinco centímetros de espessura, que tinha comprado anos atrás. Uma sombra se moveu no buraco do olho-mágico. Ryan ergueu o braço, alcançando a chave sobre o batente.

Então respirou fundo, como sempre fazia antes de entrar. Conferiu se a bandeja estava bem equilibrada em sua mão esquerda e a afastou da porta, para que ela não a alcançasse quando ele abrisse. Enquanto girava a maçaneta verificou o olho-mágico de novo. A sombra tinha desaparecido.

Ryan abriu a porta e, imediatamente, o choro estridente tomou conta do ar. Ela estava parada no canto do quarto secreto, perto da pequena mesa parafusada no chão. Sobre a mesa, estava a babá eletrônica pela qual ele monitorava o que acontecia lá embaixo e um quebra-cabeça com o qual a garota podia brincar quando estava entediada. De uma hora para outra, ela se virou e correu na direção dele, seus cabelos loiros jogados na frente do rosto. Ao alcançá-lo tentou arranhar seu rosto e seus olhos, mas ele concentrou todas as suas energias em colocar a bandeja sobre a mesa sem derrubar nada, enquanto, com o outro braço, tentava mantê-la afastada.

Em seguida Ryan tentou contê-la, envolvendo-a com os braços, em um abraço bem apertado, enquanto sussurrava: – Calma, Carrie Anne. Calma. – Foi então que, de alguma maneira ela conseguiu mover o pescoço e mordeu o braço dele com força, tirando sangue. Se contorcendo de dor, ele não a soltou. Carrie Anne não podia fazer aquilo. Ele não ia deixar mais que ela os machucasse. Ryan deu alguns passos para trás, se apoiando na parede de barro para manter o equilíbrio. Então, foi dobrando os joelhos devagar e afrouxando os braços, conforme os dois se sentavam no chão.

Quando finalmente falou alguma coisa, sua voz saiu trêmula. Ele a odiava por isso – pelo que ela tinha feito à sua vida. Ela sempre seria um peso sobre suas costas, até o dia em que ele morresse.

– Por que faz isso, Carrie Anne? Por quê? – ele perguntou. – Não tomo conta de você? Não sou a única pessoa que você tem no mundo?

Quando os dois já estavam sentados, Ryan pegou a pequena seringa que trazia no bolso. Há anos comprava os sedativos por um *site* que os mandava de algum lugar no México. Ele espetou a agulha no braço dela e apertou o êmbolo da seringa até todo medicamento ser injetado. Demorou apenas alguns segundos para Carrie Anne relaxar. Seus ombros caíram para frente e sua cabeça pendeu para um lado. Ryan tirou o cabelo da frente de seu rosto, olhando diretamente para seus brilhantes olhos azuis – os mesmos que conhecia desde quando era criança.

– Nós temos uma nova vizinha. E eu gostei dela, Carrie Anne. Elissa e a mãe dela se mudaram para a casa dos Reed e você vai deixá-las em paz, entendeu bem? – Ele a chacoalhava com força enquanto falava, incapaz de conter a raiva em sua voz. Era ela quem tinha feito isso a ele – era culpa dela. Por causa dela, tudo tinha mudado.

A cabeça de Carrie Anne caiu para frente e ela sussurrou algo entre sua respiração que se perecia com um sim. Ryan a levou para a cama e deixou o jantar na mesinha, bem ao lado da babá eletrônica. Antes de sair, conferiu tudo ao redor, se assegurando de que não havia nada fora de seu devido lugar. Do outro lado da sala, viu a cadeira de balanço de madeira e, ao lado dela, o abajur com a lâmpada exposta. Então verificou o tornozelo de Carrie Anne. Ele continuava amarrado ao pé da cama, por uma algema de couro, ligada a um cabo de aço. Quando estava certo de que tudo estava em seu lugar, Ryan fechou a porta e alcançou a fechadura para trancá-la.

Seu coração ainda estava batendo rápido por causa da luta com a irmã. Um pouco de sopa derramada no chão chamou a sua atenção. Provavelmente, tinha caído quando Carrie Anne o havia atacado. Ryan imediatamente se abaixou e limpou os pedaços de vegetais caídos, com o pano que trazia no bolso de trás, conferindo se a seringa vazia estava ali também. Então tirou a chave da fechadura e a colocou em cima do batente da porta, escondendo-a com cuidado, antes de subir as escadas. Mal sabia ele o erro que acabava de cometer. A sujeira no chão o tinha distraído a ponto de não perceber que não tinha chegado a trancar a porta. Ela continuava aberta, o trinco virado para a direita, a maçaneta frouxa, só esperando o momento em que Carrie Anne experimentaria virá-la.

CAPÍTULO 9

– Você entrou na casa dele? – Jillian apertava as alças da mochila tão forte que as juntas de seus dedos ficaram brancas. Conforme elas se aproximavam do celeiro, o som do baixo de Jake ia ficando mais alto. Essa seria a parte mais difícil, Elissa sabia. Convencer os outros de que Ryan Jacobsen não era a aberração que eles pensavam. Desfazer essa imagem que tinha sido construída ao longo dos anos.

– Eu acho que ele sofre de TEPT – Elissa explicou. – Transtorno de estresse...

– ...pós-traumático – completou Jillian, arrumando os cabelos ruivos na altura do ombro. – Eu sei o que é. Também assisto aos programas de saúde na TV. Eu só não consigo acreditar que você foi até lá e entrou naquela casa. Foi sorte sua não ter sido transformada no tapete da sala.

– Sai dessa – Elissa respondeu, cutucando levemente a amiga com o cotovelo, depois arrumando o violão que trazia nas costas. – Todo mundo pensa essas coisas do Ryan, mas isso é tão... errado. Ele passou esse tempo todo isolado e parece que não tem mesmo muita autoestima, mas acho que agora ele quer começar a se abrir para as outras pessoas. Quer dizer, ele me deu uma carona, não foi? Deve se sentir sozinho naquela casa. Com certeza.

– Baixa autoestima – Jillian falou baixo. – São sempre esses os caras que fazem as coisas mais esquisitas. Não acho que ele queira ajuda. Me dá calafrios só de imaginar o que ele quer com você de verdade.

Elissa parou de andar e olhou para a amiga, espremendo os olhos. Por que todo mundo tinha que ser assim tão rude? E pior: quem tinha acabado de dizer aquelas besteiras foi a garota que até pouco tempo costumava sair com Tyler Reynolds, a garota que, em dado momento, chegou a considerá-lo seu namorado. Ryan Jacobsen era um santo comparado àquele sujeitinho desprezível. Claro, ele não cabia na imagem que os outros habitantes de Woodshire tinham construído de si mesmos. Mas isso queria dizer que ele era uma pessoa ruim?

Jillian resolveu suavizar o clima da conversa. Olhou para o velho celeiro, escutando a música que vinha lá de dentro.

– Você gosta mesmo do Ryan? Ou só está tentando deixar sua mãe irritada?

Com isso, Elissa finalmente deu risada. Jillian só tinha ido à sua casa uma vez desde que as duas tinham se conhecido, mas, aparentemente, o relacionamento complicado de Elissa e Sarah era fácil de perceber. Provavelmente, graças às respostas atravessadas, de uma única palavra, que Elissa sempre dava a qualquer pergunta que sua mãe fizesse, mesmo que fosse apenas *Você quer mais leite?*

– Talvez eu queira irritar um pouco a minha mãe, em primeiro lugar – Elissa disse, sorrindo. – Mas não sei bem... é difícil não gostar dele.

A expressão de Jillian mudou e ela ofereceu a Elissa um pequeno sorriso.

– Bom, se você gosta dele, então eu vou, pelo menos, *tentar* gostar também. Mas sem promessas. – Com o assunto encerrado, as duas entraram no celeiro, onde Jake e Robbie estavam esperando, prontos para receber Elissa em sua banda.

– Você mandou muito bem! – Robbie gritou para Elissa, da janela traseira do Jeep, enquanto ela subia os degraus da entrada de casa. Sozinha por um momento na varanda, Elissa acenou para Jillian, Jake e Robbie que se afastavam. Naquela tarde, tudo tinha corrido surpreendentemente bem. Ao escutar as gravações de Jake e Robbie, ela já tinha notado que eles eram bons, mas não pôde perceber *quanto*. Os três tocaram juntos por horas, encaixando os ritmos e melodias com naturalidade. Robbie adicionou algumas batidas às melodias que Elissa havia composto e Jake acompanhou no baixo. Ela já costumava usar o *laptop* para gravar várias melodias diferentes e juntá-las criando suas próprias músicas. Mas, agora, tinha que admitir: uma banda de verdade, tocando ao vivo, era muito melhor.

Contente, entrou em casa e deixou o violão encostado na parede. Imediatamente, percebeu que alguma coisa não estava certa. Eram as luzes. Elas não estavam tão intensas como sua mãe costumava deixar, havia apenas um brilho suave. Intrigada, Elissa foi até a sala de jantar, onde sua mãe estava arrumando a mesa. Ela tinha trocado o uniforme do hospital por um vestido casual azul e sandálias.

– Mãe...? – Elissa perguntou. – O que está havendo? O que foi que aconteceu com o "macarrão com queijo no sofá vendo televisão"?

Sarah pegou sua taça de vinho tinto e deu um gole, seus olhos encontrando-se com os de Elissa.

– Eu achei que seria uma boa ideia nós nos conhecermos.

Conhecer quem? Elissa pensou. Então a campainha tocou. Elissa se virou e viu Ryan pela janela da frente. *Era ele quem ela queria conhecer?*

Elissa correu para a porta, chegando lá antes de Sarah.

– Desculpe Ryan, minha mãe é maluca – murmurou sem mexer muito os lábios. – Você não precisa...

– Tudo bem – Ryan disse, mal olhando para ela. – Eu quis vir. – Ele trazia uma caixa de biscoitos de chocolate nas mãos. Eles estavam em uma embalagem de plástico, e parecia que alguns estavam faltando, mas, pelo menos... ele tinha tentado.

Elissa se virou para a sala de jantar, olhando feio para Sarah. Nunca tinha ficado tão brava com ela. Que história era aquela? Algum tipo de teste? Desde quando Sarah se importava com quem ela andava ou deixava de andar? Onde ela estava quando Elissa e seus amigos se escondiam em um boliche abandonado e faziam tudo o que queriam? Quem ela achava que era para começar a se importar de uma hora para outra?

– Sente-se, Ryan, por favor – Sarah disse, tomando outro longo gole de vinho. Então puxou uma cadeira e fez um gesto para que ele se sentasse ali. Desconfiada das intenções da mãe, Elissa olhou para a mesa e para a travessa no centro dela. Pelo que parecia, Sarah tinha misturado uma lata de sopa de cebola com salgadinhos de milho e depois colocado tudo no forno. Cozinhar nunca tinha sido mesmo o seu forte.

Antes que Elissa pudesse dizer qualquer coisa, Ryan sentou em seu lugar e fez um gesto para que ela se juntasse a eles. Enquanto se aproximava, ela observava Sarah servindo desastradamente os pratos, derramando dentro deles conchas cheias de uma comida impossível de identificar.

– Parece ótimo – Ryan mentiu. Então deu uma bela colherada, colocou na boca e engoliu.

Em qualquer outra ocasião, Elissa teria rido, mas, desta vez, estava nervosa demais com sua mãe. Com que direito ela tinha ido até a casa de Ryan e o convidado para jantar? Ela queria conhecê-lo melhor? Desde quando ela se interessava em conhecer os amigos de Elissa?

– E agora acontece o quê? – Elissa perguntou, em um tom áspero. – Você vai começar a encher o Ryan de perguntas? O interrogatório vai ser aqui mesmo, na mesa do jantar ou vai ser depois? O que você quer, afinal?

Sarah recostou na cadeira, olhando para ela.

– Eu não quero interrogar ninguém – respondeu com calma. – Ele é nosso vizinho. No outro dia, ele a trouxe pra casa e ontem você disse que foi visitá-lo. Eu só achei que devia conhecê-lo, é só isso.

Elissa olhou para Ryan, que não disse nada.

– Vá em frente – ela continuou, olhando de volta para a mãe. – Você sabe que quer perguntar sobre os pais dele, sobre a casa e tudo mais.

– Não tem problema – Ryan disse, devagar. Então olhou para cima. – O que você quer saber, exatamente? Eu morava com minha tia Iris, mas ela teve um derrame quando eu tinha dezoito anos. Depois de ela ser hospitalizada, eu voltei para cá. Voltei para casa.

Sarah respirou profundamente, se acomodando na cadeira. Elissa conseguia ver que ela estava satisfeita – era isso mesmo que queria. Informação.

– E como você vive? – perguntou. – Uma casa grande como a sua deve ter contas altas para pagar.

– Mãe, não dá para acreditar que você está fazendo uma coisa dessas – Elissa não se conteve. – É muita falta de educação da sua parte. – Dizendo isso, fez menção de se levantar da mesa, mas Ryan, calmamente, colocou a mão em seu braço. Era a primeira vez que eles se tocavam, com exceção dos breves segundos quando ela segurou sua mão e o puxou para fora do quarto de Carrie Anne.

– Tudo bem, de verdade – ele disse. Então olhou para Sarah. – Meus pais herdaram a casa e algum dinheiro. Quando eles morreram, fiquei com tudo. Não é muito, mas é o bastante. Passo metade do dia estudando na *Bridgeport Community*. Não é a melhor escola do mundo, mas acho que vai me ajudar a entrar na faculdade. Quero ser psiquiatra.

Pela primeira vez desde que Ryan tinha entrado na casa, Sarah sorriu. Aparentemente, aquela resposta a tinha deixado satisfeita.

– Isso é muito bacana – ela respondeu.

– Minha mãe foi ao psiquiatra por um bom tempo depois de terminar com o meu pai. – Elissa não pôde evitar a provocação. As palavras simplesmente começaram a sair da sua boca, antes que pudesse interrompê-las. Ela só queria equilibrar um pouco o jogo. Não era justo Sarah ficar ali, questionando Ryan sobre sua família, seus rendimentos e seus objetivos de vida, sem revelar nada em troca.

Sarah olhou para Elissa, como se não pudesse acreditar que ela tinha acabado de dizer aquilo. A mesa entrou em um silêncio profundo e desconfortável. Eles apenas comiam devagar e, ocasionalmente, Sarah perguntava mais alguma coisa – sobre os estudos ou então se Ryan gostava de viver em Woodshire (a resposta foi não). Quando ficou claro que ninguém ia comer mais, Sarah tirou os pratos da mesa.

Assim que ela desapareceu na cozinha, Ryan se aproximou de Elissa, olhando-a nos olhos.

– Está tudo bem. Estou feliz de estar aqui, de verdade. Sua mãe é a primeira pessoa que me convidou para qualquer coisa nesta cidade.

Os rostos dos dois estavam a poucos centímetros de distância. Elissa se acalmou, sentindo-se envergonhada de repente, por ter agido daquele jeito na frente dele. Hesitante, ele colocou sua mão sobre a dela. E os dois permaneceram daquele jeito, com os dedos intercalados, até Sarah aparecer no corredor.

Ryan tirou a mão primeiro. Sarah colocou na mesa a torta pronta que tinha comprado mais cedo e, ao lado dela, os biscoitos que ele havia trazido. Ela os tinha arrumado em um círculo, em seu prato florido preferido. Seu olhar alternava entre Ryan e Elissa. Elissa tinha quase certeza de que ela os tinha visto de mãos dadas.

– Sinto muito – Sarah disse, finalmente. – Tenho que me desculpar com vocês dois. Elissa acabou de entrar em uma escola nova. Quero que ela se dê bem. Ela precisa disso. É uma parte do motivo pelo qual nós nos mudamos para cá.

– Mãe – Elissa disparou, sentindo as bochechas ficarem vermelhas. – Onde você quer chegar?

Sarah não olhou para ela. Ao invés disso, focou em Ryan, esperando até que ele a olhasse.

– Ela só tem dezessete anos.

– Não sou mais criança – Elissa interrompeu. – Isso é ridículo. E, a propósito, o que você acha que está acontecendo? Ele me deu uma carona. Eu dei a ele um CD. Por que você se interessou de repente em administrar a minha vida?

– Isso não é nada ridículo – Sarah disse, em um tom tranquilo, sem tirar os olhos de Ryan. – Ele tem vinte e um. Acho que entende qual é o meu ponto. Eu só estou pedindo que vocês respeitem essa regra. Eu não quero saber dos dois sozinhos na sua casa ou nesta casa quando eu não estiver aqui.

– Mas você nunca está em casa – Elissa emendou. A cada segundo ela ficava mais nervosa. Quem era Sarah para sentar ali daquele jeito, agindo como se fosse a mãe perfeita? Justo ela, que, durante os últimos quatro anos, não tinha dado a mínima para o que acontecia a Elissa.

– Estou aqui agora, por exemplo. – Sarah segurava a taça de vinho com tanta força que parecia que ela podia se quebrar a qualquer momento. – Posso confiar em você, Ryan?

Ryan olhou para baixo, claramente desconfortável.

– Claro que pode. Mas agora eu acho que preciso ir.

Então ele se levantou, torcendo o guardanapo entre as mãos. Pegou dois biscoitos e saiu andando na direção da porta.

– Aonde você vai? – Elissa perguntou.

– Você tem sorte de ter uma mãe que se preocupa – ele respondeu. – Obrigado pelo jantar, Sra. Cassidy.

– Você pode ficar, se quiser – Sarah propôs. Mas aquilo soou tão da boca para fora, que Elissa ficou ainda mais enraivecida.

Elissa levantou rapidamente da cadeira para acompanhá-lo, mas ele não parou para esperá-la. Ela queria poder ficar sozinha com ele de novo – sem Sarah por perto. As coisas seriam bem mais fáceis então.

– Ryan, volte – ela insistiu. Mas a porta se fechou atrás dele, deixando as duas sozinhas em silêncio.

– Falei para ele ficar – Sarah disse em voz baixa.

– Não – Elissa retrucou. – Você não queria que ele ficasse. Só o convidou para esse jantar de meia tigela para poder interrogá-lo e depois mandá-lo de volta.

Sarah se levantou, jogando o guardanapo na mesa.

– Querida, eu só estou tentando proteger você.

– Agora? Depois de todos esses anos? Quer dizer que, de uma hora para outra, você resolveu que ia se transformar em uma mãe de verdade? – Elissa fechou os punhos e seus dedos doeram. Todas aquelas noites em Chicago retornaram à sua mente. Todas as vezes em que Sarah saiu e ela ficou sozinha bebendo até cair no sono, deitada no sofá. Todas as vezes que sua mãe ficava fora até duas da manhã e ela tinha que preparar o próprio jantar. Quando Elissa foi pega matando aula, Sarah nem se dignou a aparecer na sala do diretor para buscá-la – ela estava muito ocupada em um jogo de beisebol com o namorado daquele mês. E foram vários deles depois que seu pai foi embora, como se Sarah tivesse colocado um anúncio no jornal, atrás de um marido substituto.

Elissa respirou fundo, tentando segurar o choro. Era tarde demais para elas terem um relacionamento real – ela tinha certeza disso agora. Sarah nunca esteve lá quando importava. E nenhum sermão, nenhuma nova regra, ia concertar o que já tinha se passado. Elissa explodiu escada acima, parando no meio dos degraus e olhando para Sarah uma última vez, sabendo que não devia dizer o que passou pela sua cabeça. Aquilo a magoaria demais. Elissa não queria dizer, mas as palavras já estavam saindo da sua boca.

– Só porque você era uma vadia qualquer na época da escola, isso não quer dizer que eu também seja.

Imediatamente, o rosto de Sarah se transformou, expressando, ao mesmo tempo, o choque e a mágoa provocados por aquelas palavras. Com lágrimas no rosto, Elissa correu para o quarto, batendo com toda força a porta atrás de si.

CAPÍTULO 10

No dia seguinte, Elissa chegou da escola perto das quatro horas da tarde. Assim que desceu do carro de Jillian, na entrada de casa, avistou Ryan. Ele estava sentado no alto de um pedregulho, nos limites do parque estadual, olhando para as árvores. Elissa deu um longo suspiro, esperando o carro de Jillian desaparecer rua acima. Não tinha falado com Sarah a manhã toda e planejava continuar em silêncio por tanto tempo quanto fosse possível. A noite passada tinha sido um desastre. Sua mãe tinha sido tão agressiva com Ryan, sentada à mesa como se tivesse o controle da situação, tomando vinho como se fosse água. Se alguém naquele jantar parecia com algum tipo de maníaco, esse alguém era Sarah.

Elissa caminhou pelo gramado e cruzou os limites do terreno da casa de Ryan, sabendo que Sarah iria odiar que ela estivesse fazendo aquilo. Quando estava a poucos metros de distância, Ryan se virou, dando um sorriso discreto.

– Ryan, eu não sei nem o que falar a você. Me desculpe pela cena horrorosa que a minha mãe fez ontem – Elissa disse, envergonhada.

Ryan olhou para o chão.

– Não tem problema – respondeu calmamente, cutucando as unhas das mãos.

– Tem problema sim. – Elissa escalou a pedra, se apoiando nas saliências naturais para se erguer até onde ele estava. – Espero que você não tenha levado muito a sério. Foi só um caso clássico de paranoia materna.

Ryan olhou para o espaço entre eles e balançou a cabeça.

– Nós não devíamos estar sozinhos – disse. – Lembra?

Elissa deu de ombros. Quem era sua mãe para dizer a Ryan Jacobsen o que ele devia ou não devia fazer? Eles eram vizinhos, nada além disso – ele não devia nada a ela. Só então ela escutou o telefone tocando dentro de sua casa, do outro lado do gramado. Na sequência, seu celular vibrou. Ela queria ignorar, mas sabia que sua mãe ficaria muito mais desconfiada se não atendesse. Do outro lado da linha, a voz de Sarah era suave.

– Oi, querida. Eles me deram o turno da noite hoje de novo. Não vou voltar para casa antes das onze. Você vai ficar bem?

Elissa olhou para Ryan, sentindo uma leve ponta de culpa.

– Vou sim. Sem problemas.

– E você se lembra do que nós combinamos? – Sarah acrescentou.

– Claro que sim. Como poderia me esquecer da noite passada? – Elissa disparou de volta. – Mais tarde a gente se fala, então. Tchau. – Ao desligar o telefone, sentiu um frio na barriga, seu estômago se revirando todo. Mentir não era algo fácil para ela, nunca foi. Mas ela também não estava disposta a ceder assim às ordens de Sarah. Não era porque sua mãe tinha estragado tudo na escola, que ela faria o mesmo.

Quando Elissa colocou o celular de volta no bolso, Ryan estava olhando para ela, com uma expressão séria.

– Eu sou obrigado a insistir que nós dois não devíamos estar juntos.

– Pode confiar em mim. Se a Sarah queria me fazer obedecer a alguma regra, ela devia ter começado uns cinco anos atrás. Agora é tarde demais para isso. – Elissa apontou para a sua casa. – Eu programei o telefone de casa para passar as ligações para o meu celular.

Ryan deu risada.

– Isso é meio que desonesto da sua parte.

– Sou *eu* quem está tentando protegê-la.

– Tá certo... – ele riu de novo. – Bom, tecnicamente, não estamos em nenhuma casa. O acordo está sendo cumprido.

Elissa se aproximou dele, olhando para o parque, tentando ver o que ele via.

– O que você estava olhando antes, quando eu cheguei?

Ryan abaixou a cabeça.

– Não lembro muita coisa de quando era pequeno, mas uma das recordações que tenho é da minha mãe, sentada aqui, me dizendo que tudo no mundo tinha um segredo. Tudinho. Como se mesmo aquela árvore logo ali escondesse algo de especial, se você soubesse procurar.

Elissa olhou para ele intrigada.

– Aquela árvore? – perguntou, apontando para a bétula no início do bosque. Ela parecia completamente normal.

– No começo, não consegui perceber – ele disse. – Mas então, um belo dia, consegui...

Elissa olhou bem para a árvore, espremendo os olhos, tentando enxergar algo diferente. Então Ryan virou para ela e colocou os dedos, gentilmente, em seu queixo. Eles estavam tão frios que ela levou um susto. Delicadamente, Ryan inclinou a cabeça de Elissa para o lado, movendo-a apenas uma fração de centímetro. Elissa relaxou e se deixou mover por ele, aproveitando a proximidade entre os dois, sentindo o toque suave em sua pele.

Observando a árvore do ângulo certo, ela finalmente conseguiu entender sobre o que ele estava falando. Foi como quando seu pai costumava lhe mostrar a lua. *Tem um rosto ali*, ele dizia, apontando o nariz e os olhos, dizendo que eles pareciam sempre estar virados para baixo, olhando a terra. *Viu só?* Mas ela nunca conseguia. Até que uma bela noite, pouco depois de ele ter partido... lá estava o rosto na lua. Elissa olhou para cima sem nenhum motivo especial e enxergou a imagem com toda clareza, como uma ilusão de ótica entrando no foco.

– Meu Deus, Ryan – ela disse devagar. – Tem um rosto na árvore. – Ela conseguia ver os dois olhos na superfície esburacada e uma boca formada por um corte na casca.

Elissa se virou, sorrindo, e os lábios dos dois ficaram separados apenas alguns centímetros. Os dedos dele ainda estavam apoiados suavemente em seu queixo.

– As pessoas não costumam notar os segredos, mas eles estão lá. Por toda parte. Escondidos. Esperando quem os encontre.

Ryan olhou para a boca de Elissa e passou o dedo gentilmente sobre o lábio inferior. Ela sentiu como se as mãos dele fossem feitas de fogo – cada ponto de sua pele que ele tocava parecia arder em chamas. Ela esperou até que seus olhares se encontrassem novamente.

– Gosto da maneira como você enxerga as coisas – disse baixinho. – Gosto da maneira como você me vê.

A esta altura, Elissa estava sentindo a respiração de Ryan em sua pele. Ele colocou a outra mão na lateral de seu rosto e acariciou sua bochecha, depois colocou uma mexa de cabelo para trás. Ela sentiu os dois se movendo juntos, chegando mais perto. Então os lábios de Ryan tocaram os seus e foi como se uma imensa energia tivesse sido descarregada. As mãos dele pressionavam seu rosto com firmeza e suavidade ao mesmo tempo. Ela se sentiu viva de repente. Então se afastou e sorriu.

– Que se dane – ela riu, pulando da pedra. – Vamos quebrar logo essas regras.

Ryan pareceu nervoso, envergonhado até, enquanto a seguia. Elissa entrou correndo na casa dele, só parando quando os dois já estavam dentro da sala de estar. Ela o puxou rapidamente para si e os seus lábios se encontraram de novo. Ele estava mais ousado agora, deixando uma das mãos na parte debaixo das costas de Elissa e, com a outra, segurando seu queixo, enquanto beijava sua boca com força.

Eles caíram no sofá e Elissa deixou as mãos dele viajarem pela sua cintura e sua barriga. Então escutou um barulho distante, que parecia uma pancada. Ryan se afastou imediatamente, com a expressão tensa.

– O que foi isso – ela perguntou.

– Nada – ele desconversou, se levantando e indo até o aparelho de som. – Só vou colocar uma música para tocar.

Elissa alisou o tecido do sofá, o esperando voltar, mas Ryan não parava de apertar os botões do som.

– Vou ao banheiro – ela disse e saiu andando. Ele nem mesmo se virou quando ela passou.

Lá em cima, Elissa se olhou no espelho, alisando as sobrancelhas e mordendo o canto da boca. Era tão bom se sentir daquele jeito de novo, sem estar com a cabeça mergulhada em uma nuvem de álcool ou maconha. Ela sentiu um formigamento nos lábios e riu para si mesma. Imaginava como devia ser para Ryan estar com ela, depois de tanto tempo sozinho. Olhou bem para o espelho, alinhou o cabelo e saiu, descendo as escadas devagar. Chegando à sala de estar, olhou direto para o sofá, acreditando que Ryan estaria ali a esperando.

Mas ele ainda estava ao lado do aparelho de som. E assim que ela apareceu, ele correu em sua direção, agarrando seu braço.

– Você precisa ir... agora – foi o que disse, com firmeza. Ele parecia com medo ou então bravo com alguma coisa, Elissa não conseguiu saber ao certo. Ela estava tão surpresa com a mudança repentina de comportamento, que não teve a presença de espírito de protestar enquanto ele a guiava por um corredor estreito, onde havia uma porta lateral que levava ao gramado.

Elissa sentiu o choro chegando.

– Qual o problema? – perguntou. – Ryan, me desculpe. O que foi que eu fiz de errado?

Ela bem que tentou voltar para dentro, mas ele a agarrou pela mão e a puxou em direção à porta. Depois a abriu e pediu que Elissa saísse, aos gritos.

– Você não devia nem estar aqui. É melhor ir embora logo. Vá para a sua casa! Agora!

Ela o olhou com os olhos cheios de lágrimas. Ryan desviou o olhar, sem nenhuma expressão no rosto. De repente, a dor que Elissa estava sentindo se transformou em raiva. Ela virou e correu o mais rápido que pôde pelo gramado, em direção à sua casa, escutando, imediatamente, a porta bater atrás de si.

CAPÍTULO 11

Enquanto Elissa estava no andar de cima, Ryan não tirou o dedo do botão de volume do antigo aparelho de som, aumentando e diminuindo, tentando encontrar o volume certo. Carrie Anne estava agitada. Ele conseguia escutá-la lá embaixo e era possível que Elissa também a estivesse ouvindo. Preocupado, ele deixou o som para lá e foi conferir se Elissa tinha fechado a porta do banheiro. Foi quando a viu.

De alguma maneira, Carrie Anne tinha conseguido sair do quarto e se soltar do pé da cama. Ela estava na cozinha, remexendo as gavetas, procurando uma faca.

Elissa ainda estava no andar de cima. Ryan escutou o som da descarga e, depois de alguns segundos, o da porta do banheiro se abrindo. Para sua sorte, agora Carrie Anne estava atrás da divisória na cozinha, fora do campo de visão de quem estivesse na sala. Ela estava agitada, disso ele tinha certeza. Ainda não tinha tomado os sedativos de hoje.

O sofrimento e a confusão eram evidentes no rosto de Elissa, mas ele não teve tempo de explicar nada enquanto a expulsava de casa. Não podia correr o risco de deixá-la ver Carrie Anne, não se perdoaria se algo acontecesse a ela. Quando Ryan trancou a porta lateral, depois de ver Elissa correr para casa cheia de raiva, seu coração estava explodindo dentro do peito. Ele voltou para a sala devagar e aumentou o volume do som para abafar os gritos que Carrie Anne certamente daria. Ao se virar para a cozinha, ele a avistou perto do balcão, com uma faca comprida em uma das mãos. Sem notá-lo, ela correu pela porta da frente e saiu da casa, se lançando na escuridão crescente do pôr do sol.

Ryan correu atrás dela, com medo de que Elissa pudesse vê-los da janela de sua casa. Mas Carrie Anne virou à esquerda e se embrenhou nas árvores, correndo e balançando os braços, seus cachos loiros subindo e descendo a cada passo. Ryan a seguiu, tentando não perdê-la de vista. Mas, conforme o sol baixava no horizonte, ficava mais difícil enxergar sob as sombras do bosque. Carrie Anne penetrou ainda mais no parque estadual, chegando a um lugar onde as árvores davam lugar a um campo de golfe.

Ryan a avistou cruzando o campo. Havia um carro estacionado no mirante, vários metros à frente. Ele sabia que às vezes casais de namorados iam até lá assistir ao pôr do sol na cidade. Ninguém podia vê-la – ele não podia deixar isto acontecer. Gritar não era uma opção, pois mais alguém podia escutá-lo. O único jeito era correr ainda mais rápido, tentando cortar caminho entre as árvores para alcançá-la mais adiante.

Ryan nunca mais poderia deixar Elissa entrar em sua casa de novo. Sabia do que Carrie Anne era capaz. Se por acaso ela conseguisse escapar agora, se ele a perdesse de vista na floresta, havia uma grande chance de ela voltar mais tarde procurando pelos dois. Tentando afastar esses pensamentos de sua cabeça, Ryan concentrou suas energias em correr mais rápido e aguentar a dor insuportável nas pernas. Quando atravessou as árvores e saiu do bosque, ele a enxergou – seus cabelos loiros visíveis alguns metros à frente. Ela estava indo na direção do carro parado no mirante. Ele parou um segundo e respirou, observando que ela ainda levava a faca que tinha pegado mais cedo na cozinha.

Ryan deu um último pique e a alcançou, a agarrando pelo pescoço com um dos braços. Carrie Anne tentou acertá-lo com uma facada, mas ele conseguiu segurar sua mão e a apertou e chacoalhou até que ela soltasse a faca. Então os dois caíram no chão, com Ryan por baixo de Carrie Anne. Enquanto ela se debatia, ele tentava imobilizá-la, evitando fazer muito barulho para não chamar atenção. Seu coração quase parou quando escutou a porta de um carro se abrindo e um homem gritando alguma coisa que não conseguiu entender.

Ele segurou Carrie Anne ainda mais forte, impedindo que ela se movesse. Eles não podiam ser descobertos. Ele não podia deixar que a encontrassem. Mais do que nunca, ela tinha que ficar quieta, por mais difícil que isso fosse. Não podia deixar escapar nem um mísero som que fosse. Os dois ficaram daquele jeito por dez minutos, talvez mais, até o corpo de Carrie Anne relaxar completamente sobre o de Ryan. Arrependido, ele se perguntava por que diabos não tinha descido ao quarto subterrâneo mais cedo e aplicado os sedativos na irmã. O que custava ter ido lá e dado alguma atenção a ela, ter checado se estava tudo bem?

Finalmente, o carro estava se afastando do mirante, o barulho do motor diminuindo até desaparecer. Quando a floresta ficou completamente silenciosa, Ryan a soltou. Ao invés de se levantar, entretanto, ela largou o peso em cima dele, deixando os braços caírem em um ângulo esquisito.

– Carrie Anne – ele a chamou, tirando da frente do rosto seus cabelos loiros bagunçados. A pele dela estava pálida e levemente azulada. – Levanta logo, vai... Por favor.

Nenhuma resposta, nenhum movimento. Ryan tentou empurrá-la com os ombros, mas ela não se moveu.

– Carrie Anne – insistiu, respirando com dificuldade, prestes a perder de vez a paciência com a irmã. – Por favor, vai. Você já deu trabalho demais por hoje. Desce logo de cima de mim.

Foi então que Ryan percebeu as marcas avermelhadas e azuis ao redor do pescoço da irmã, bem onde a estava segurando antes. Por quanto tempo será que tinha ficado apertando a garganta dela? Ele só queria mantê-la parada. Não podia deixar que ninguém os descobrisse. Com o coração acelerado, ele levantou a cabeça, tentando escutar a respiração da irmã, mas o ar não estava saindo pela boca nem pelo nariz dela. Ela estava morta. Depois de todo esse tempo, de todo o esforço para mantê-la a salvo – para manter todo mundo a salvo – Carrie Anne estava morta.

Ryan deu um soco no chão com toda a força e bateu de novo e de novo, até as juntas de seus dedos começarem a sangrar. O que tinha acabado de fazer? Ele a tinha matado. Tinha matado sua única irmã. O que seus pais pensariam dele agora? Chorando e soluçando, descontroladamente, Ryan era só arrependimento. O que faria agora?

Cada momento da infância dos dois passou pela sua cabeça em uma fração de segundo. A primeira vez que tinha segurado Carrie Anne no colo, quando ela não passava de um bebê, posando para a fotografia que ainda tinha pendurada na parede do quarto. A cabana que eles costumavam armar no quintal, usando a velha lona da garagem. Então se lembrou das expressões de seus pais, quando eles encontraram Carrie Anne caída no chão, embaixo do balanço, com sangue escorrendo pela sua boca. *Foi você quem fez isso*, sua mãe disse, com raiva. *Foi você quem fez isso à sua irmã.*

Ryan levantou de repente, deixando o corpo de Carrie Anne cair para o lado. Era como se todo mundo que já fez parte de sua vida o tivesse abandonado. Ele não conseguia respirar. Não conseguia pensar. Só ficava repetindo baixinho o nome da irmã: *Carrie Anne, Carrie Anne, Carrie Anne.*

Eram duas da manhã. Ryan estava sentado no balcão de uma velha lanchonete à beira da rodovia. Suas unhas ainda estavam sujas de terra. Suas mãos não paravam de tremer. Ele não conseguia comer nem beber nada. Não tinha certeza sequer de que seria capaz de engolir um gole d'água.

Algumas horas antes, tinha encontrado um pequeno trecho de floresta perto da estrada e passado uma hora inteira cavando um buraco, se assegurando de que ele era suficientemente profundo. Depois de cavar, colocou cuidadosamente o corpo da irmã dentro dele, cobrindo-o com um lençol branco. Ao lado do corpo, deixou o urso de pelúcia com o qual os dois brincavam no dia do acidente de Carrie Anne. Cobrir o buraco foi a pior parte. Ryan foi obrigado a parar várias vezes, exausto. Cada músculo do seu corpo estava tenso e dolorido, e a tristeza que o consumia por dentro tornava cada movimento ainda mais difícil.

Na lanchonete, Ryan estava debruçado sobre o balcão, segurando o copo o d'água, fazendo-o deslizar para um lado e para o outro. A garçonete atrás do balcão era alta e magra e vestia um suéter *Penn State*[2]. Não devia ter mais que vinte anos. Para aumentar sua inquietação, ela não parava de observá-lo.

– Cara, que bicho te mordeu? – ela perguntou, enquanto servia uma xícara de café a outro cliente.

Ryan não respondeu. Sem dizer mais nada, ela caminhou até a vitrine de vidro giratória sobre o balcão, onde havia uma

[2] Universidade do Estado da Pensilvânia. (N.T.)

porção de tortas e bolos rodando sob a luz de uma série de lâmpadas fluorescentes. Calmamente, tirou dali um bolo de chocolate com pedaços de biscoito e cortou um belo pedaço.

– Toma aqui. Esse é por conta da casa. Para adoçar um pouco a sua noite. – A garçonete fez o prato deslizar pelo balcão e parar na frente dele.

– Não, obrigado. Não estou com fome. – Ryan afastou o prato delicadamente.

A garota apoiou os cotovelos no balcão, olhando para ele. – Você vai negar o bolo de chocolate da Sra. Hodges? Melhor ela não ficar sabendo dessa desfeita. Ela se ofende com muita facilidade. – Dizendo isso, ela deu uma olhada para o outro canto da lanchonete, onde uma mulher baixa e forte, com braços enormes, estava varrendo o chão.

Ryan puxou o bolo de volta, mas não conseguia tirar os olhos da garota que o tinha servido. Ela parecia ter mais ou menos a mesma altura de Carrie Anne, com os cabelos loiros na metade das costas. Seus olhos eram castanhos e brilhantes e suas mãos eram tão delicadas... Sem saber direito por que, ele sentiu uma atração irresistível por ela. Mesmo quando ela se afastou para recolher os pratos sujos sobre o balcão, os olhos dele a seguiram.

Por um breve momento, ele se esqueceu completamente dos acontecimentos trágicos daquela noite. Parou de pensar em seu braço apertando o pescoço de Carrie Anne e no modo como ela parecia observá-lo, mesmo depois de morta, com seus olhos azuis bem abertos, ainda brilhando.

CAPÍTULO 12

– Essa eu não entendi – Jillian disse, dobrando as pernas embaixo de si. – Talvez seja aquela coisa do estresse pós-traumático.

– Ele simplesmente me botou para fora de casa – Elissa continuou. – De uma hora para outra, ele disse que eu tinha que sair.

Impressionada com a história que sua amiga lhe contava, Jillian tomou o último gole de sua soda diet, fazendo barulho com o canudo.

– Se eu fosse você, desencanava desse cara por uns dias. Dava um gelo nele. Não tem conversa.

Elissa apertou o braço do violão, olhando para fora do celeiro. Robbie e Jake estavam se aquecendo e a melodia de uma música – uma música *sua* – preenchia o ar.

– Ainda não falei com ele. Só queria saber o que foi que aconteceu – Elissa desabafou, chateada. – Parecia que estava tudo bem, que a gente estava se divertindo. Mas então, de uma hora para outra, ele simplesmente pirou.

Assim que Elissa terminou a frase, seu celular tocou. O nome de Ryan apareceu na tela. Ela abriu o telefone devagar, se perguntando se era possível que, de algum jeito, ele tivesse sentido que as duas estavam falando a seu respeito. Quando atendeu a chamada, não disse nada.

– Elissa? Você está aí? Sou eu – Ryan falou, do outro lado. Queria muito ver você.

– O que foi que aconteceu na outra noite? – Elissa se levantou e foi para um canto do celeiro, apertando o dedo no ouvido para abafar a música ao fundo.

– Me perdoe por aquilo... Eu... – Ryan estava falando de um jeito estranho, como se não tivesse muita certeza do que queria dizer.

– Tudo bem com você? – Elissa perguntou.

Atrás dela, Jake tocou as últimas notas no baixo, terminando seu aquecimento.

– Ei! A gente vai fazer um som logo ou o quê? – Robbie estava logo atrás dele, regulando os amplificadores.

– Eu preciso ver você – Ryan respondeu. – Tem umas coisas que eu tenho que te contar.

Elissa olhou para o outro lado do celeiro, onde Jake andava em círculos, tocando algumas notas aleatórias. Uma pausa de dez minutos tinha se transformado em uma pausa de trinta, e mesmo esse tempo não tinha sido suficiente para Elissa contar a Jillian o que tinha acontecido na casa de Ryan, duas noites atrás. Jake mais parecia que ia dar com o baixo no chão a qualquer momento se Elissa não desligasse o telefone e voltasse para o ensaio.

– Também quero ver você – ela respondeu. – Mas agora eu vou ter que desligar. Hoje à noite, vou tocar no festival de bandas na escola. Por que você não aparece por lá?

Um logo silêncio se fez, antes que Ryan conseguisse dizer algo que se parecesse como um "tudo bem". Elissa desligou o telefone sentindo um milhão de coisas ao mesmo tempo – alívio, euforia, nervosismo, confusão. O que afinal ele queria contar? Será que tinha percebido como ela estava magoada por causa do outro dia? Por que diabos ele tinha pirado daquele jeito?

Jillian apareceu, de repente, ao lado dela.

– Eu ia perguntar quem era no telefone, mas pelo sorriso no seu rosto já dá para imaginar.

Elissa fez que sim com a cabeça, enfiando de volta o telefone no bolso.

– Ele vai aparecer no festival hoje à noite. Disse que quer me ver.

Se dependesse dela, teria ficado ali mesmo, conversando com Jillian, mas Robbie deu um grito do outro lado do celeiro.

– Será que as duas comadres podiam parar de conversar um pouco? Nós só temos mais duas horas antes do show. Vem logo, Lissa! O *rock'n'roll* precisa de você.

Enquanto Elissa assumia sua posição em frente ao microfone, Robbie já estava batendo as baquetas, fazendo a contagem para a próxima música.

– Um, dois, três, quatro. – Quando começaram a tocar, ela estava se sentindo mais empolgada do que nunca para o show que se aproximava. Não apenas porque eles eram realmente bons juntos – possivelmente a melhor banda que iria competir. Não apenas porque Sarah tinha lhe comprado (em uma tentativa de se desculpar) uma maquiagem linda que brilhava no escuro e que ia deixá-la radiante embaixo da iluminação do palco. Ryan ia estar lá também e eles iam poder conversar, finalmente. O que quer que tivesse acontecido entre os dois no outro dia – o beijo, aquele momento no sofá – tinha sido real. Significava alguma coisa.

Movendo os dedos suavemente pelo braço do violão, Elissa se deixou levar pela música. Quando cantou as primeiras notas, elas soaram mais claras e precisas do que nunca. Esta noite seria uma grande noite. Ela conseguia sentir isso no ar.

Elissa se olhou nos espelhos do camarim de todos os ângulos possíveis, observando a maneira como a maquiagem brilhante fazia a luz dançar em sua pele. Estava gostando do que via. Tinha resolvido deixar o cabelo solto, jogado livremente atrás das costas, com suas ondas naturais, no melhor estilo "não curto perder tempo no secador". Com uma camiseta justa e jeans detonados, seu *look* era exatamente o que ela queria: descolado e até meio relaxado, mas sem parecer muito forçado. Era em momentos como esse que ela desejava que seu pai pudesse vê-la. Havia tanto dele em tudo que ela fazia – mesmo quando ele nem estava lá para testemunhar.

Quando ela enfiou o dedo no pote de maquiagem, prestes a passar um pouco em cima dos olhos, viu um rosto familiar surgir atrás de si.

– Você veio – disse, sorrindo, quando seu olhar se encontrou com o de Ryan pelo reflexo no espelho. Mas então ficou ali parada, sem saber ao certo se devia abraçá-lo ou não. Agora, ele parecia mais um estranho, com o cabelo todo bagunçado e as roupas desalinhadas, como se não se trocasse há vários dias.

– Pois é... Eu queria te dar boa sorte – Ryan disse, com a cabeça baixa, claramente tentando evitar o olhar de Elissa.

– Estou feliz que você tenha vindo – ela respondeu. Quando estava prestes a alcançar a mão de Ryan, Robbie entrou correndo no camarim e quase o atropelou. A expressão em seu rosto era de pânico.

– Cara, é seu aquele carrão das antigas lá fora, não é? – Robbie perguntou ofegante. – Tyler Reynolds e seus amigos estão acabando com ele.

Ryan nem olhou para Elissa antes de passar por Robbie, correndo em direção ao estacionamento. No mesmo instante, os dois foram atrás dele. O corredor estava cheio de gente que esperava para entrar no auditório. A esta altura, entretanto, a maioria das pessoas tinha saído da fila e ido para as janelas. Todos queriam ver o que estava acontecendo no estacionamento. Uma garota riu quando Ryan passou apressado; outro garoto só ficou ali parado olhando, de boca aberta.

O coração de Elissa congelou quando eles abriram a porta dos fundos. Tyler estava segurando um taco de beisebol. Seus amigos – incluindo Zak, o carinha lesado que ela tinha visto junto com ele na escola – estavam todos gritando, exaltados, o instigando. Com um movimento rápido, Tyler lançou o bastão para trás e o puxou para frente com toda força, estraçalhando o para-brisa do carro de Ryan. Zak pegou o taco logo depois e acertou um dos faróis dianteiros, lançando pedaços de plástico e vidro pelos ares.

Ryan parou um instante, depois correu na direção deles, com o rosto vermelho de raiva. Todos no estacionamento se viraram para ele assim que o perceberam chegar. Ryan partiu direto para cima de Tyler, mas, imediatamente, os outros garotos o cercaram, aos socos e pontapés.

– Deixem ele em paz! – Elissa gritou, desesperada. Impotente, ela olhou ao redor, procurando ajuda. Todos os outros estudantes no estacionamento estavam congelados na mesma posição, olhando. Ninguém disse uma palavra sequer quando um dos amigos de Tyler acertou Ryan com um soco na boca do estômago, enquanto os outros o seguravam. Ele bem que tentou ficar de pé, mas Tyler o derrubou. Elissa quis correr até lá, mas um outro amigo de Tyler, chamado Curtis, a agarrou pelos braços.

– Me solta, seu babaca! – ela gritou, se debatendo.

Tyler tinha conseguido se provar um verdadeiro troglodita, ainda pior do que naquela noite na casa de Caitlin Aberdeen. Seus olhos estavam cheios de ódio. Quando Ryan tentou se levantar, ele se inclinou e o provocou.

– Que foi, bebezão? A mamãezinha não tá mais aqui pra te proteger? Parece que o neném não sabe se virar sozinho.

Zak caminhou devagar ao redor deles, sorrindo. Seus punhos continuavam fechados, prontos para a briga.

– Acho que ele tá querendo mostrar pra gente o que comeu no almoço, não é não, pessoal? – E, dizendo isso, deu um pulo, acertando em cheio um chute logo abaixo das costelas de Ryan, que se contorceu de dor.

O rosto de Elissa estava cheio de lágrimas. Ela não podia aceitar ver alguém ser massacrado daquele jeito.

– Parem com isso, seus monstros. Vocês vão matar ele! – ela berrou. Mas enquanto gritava, Ryan finalmente ergueu a cabeça, aparentando mais calma do que ela nunca tinha visto em seu rosto. Tyler partiu para cima dele novamente, erguendo a perna para lhe acertar um chute na cara. Mas Ryan o bloqueou na hora certa, segurando seu tornozelo e o torcendo. Tyler desabou no concreto do estacionamento.

Ryan se levantou, olhado para ele no chão. Seu rosto estava coberto de sangue. Pela primeira vez, desde que a luta tinha começado, Tyler pareceu sentir medo. Alguns de seus amigos se afastaram. Ryan segurou firme o pé de Tyler e o torceu de repente. Mesmo a alguns metros de distância, Elissa escutou o som do osso trincando. Tyler soltou um grito horroroso de dor.

Curtis soltou os braços de Elissa, que continuou parada no mesmo lugar, completamente imóvel, assistindo Ryan pisar com toda força no tornozelo de Tyler, os ossos dele se quebrando sob sua bota pesada. O rosto de Tyler estava todo contorcido e sua respiração, ofegante. Seus amigos demoraram alguns segundos para entender o que estava acontecendo, até que Zak deu um passo à frente, ainda mais enraivecido do que antes.

– Seu filho da mãe – ele gritou para Ryan.

A gangue começou a se fechar ao redor dele, pronta para atacá-lo, mas Ryan se esquivou de Zak quando ele tentou agarrá-lo pela camiseta e saiu correndo pelo estacionamento, se embrenhando nas árvores. Elissa olhou ao redor. Havia centenas de pessoas do lado de fora agora, mesmo que nenhuma delas tenha feito nada para ajudar. Uma sirene da polícia soou a distância. Curtis se ajoelhou ao lado de Tyler, tentando ajudá-lo.

– Ele só pode ir para um lugar – Zak gritou para os outros garotos. – Vamos nessa!

Um por um, eles se amontoaram em sua enorme caminhonete amarela. No instante seguinte, o carro já estava saindo do estacionamento a toda velocidade, cantando pneu.

Elissa não conseguia respirar. Suas mãos começaram a tremer assim que ela tomou consciência do cenário ao seu redor. O carro do pai de Ryan estava com um farol dianteiro e os dois faróis traseiros arrebentados. O para-brisa estava destruído. A porta do passageiro estava toda amassada. Um cheiro forte e ácido chamou sua atenção. Bastou mais um segundo para ela entender que alguns dos garotos tinham feito xixi no capô.

Então ela correu na direção do carro. O chão estava coberto de sangue. Olhando para baixo, viu um objeto pequeno ao lado do seu pé direito. Era a bola mágica de Ryan – ela devia ter se separado da chave do carro durante a briga. Alguns metros adiante estavam as chaves de Ryan. Elissa as pegou do chão e as segurou com força, fechando bem a mão ao redor delas. Ryan estava correndo para casa. Os outros garotos estavam indo para lá também, para encontrá-lo. Quando eles se encontrassem, ele estaria trancado do lado de fora, sem ter onde se esconder. Se Elissa não se movesse agora mesmo e tentasse alcançá-los, Ryan não teria a menor chance.

CAPÍTULO 13

Robbie deixou Elissa em frente de casa, amedrontado demais para entrar junto com ela.

– Se cuida, Elissa. E vê se não vai fazer nada idiota, hein. – Alguns minutos atrás, ela tinha lhe implorado uma carona. Assim que a polícia chegou à escola, foi anunciado oficialmente que o festival estava cancelado. Os policiais logo começaram a abordar todo mundo, perguntando sobre a briga. Uma ambulância apareceu, pouco depois. A sirene não parou de tocar nenhum segundo, nem mesmo enquanto os paramédicos socorriam Tyler.

Preocupada e ansiosa, Elissa observou o carro de Robbie desaparecer rua abaixo. Da entrada da garagem, ela viu a caminhonete amarela, estacionada em frente à casa de Ryan. Zak estava botando fogo em um rolo de papel higiênico e o jogou para dentro da casa, por uma janela lateral que estava aberta.

Ele estava gritando alguma coisa, mas Elissa não conseguiu distinguir as palavras de onde estava. Alguns dos outros garotos estavam jogando pedras na porta da frente. Nos fundos, dois deles estavam erguendo um enorme vaso de barro, que se partiu em dois quando eles o largaram no chão. Quando as cortinas começaram a pegar fogo e o brilho ficou visível do gramado, todos se amontoaram de novo dentro da caminhonete e deram o fora rapidinho.

Elissa correu na direção da casa, segurando as chaves em uma das mãos. Ryan não parecia estar por ali. Ela subiu correndo as escadas e se apressou a abrir a porta. O cheiro de tecido queimado tinha tomado conta do ar. Dentro da casa, a sala de estar estava silenciosa. O rolo de papel agora era uma bola de fogo, queimando no piso de madeira, atrás do sofá. A parte de baixo das cortinas estava em chamas.

Com um puxão, Elissa as arrancou do trilho de metal e começou a bater com o tecido no chão sem parar, até que a última chama tivesse se dissipado. A esta altura, a sala estava tomada pela fumaça. Elissa pegou os restos queimados e jogou tudo dentro da pia. Foi só depois de ver a água encharcando o tecido que seu coração desacelerou. Finalmente pôde respirar com calma, aliviada por ter conseguido chegar a tempo.

Ryan devia estar vindo pelo meio das árvores, escondido, não querendo que os amigos de Tyler o vissem. Será que ele tinha visto a coisa toda? Seria possível que ele estivesse no topo da colina, no parque estadual, só esperando Elissa sair? Ela olhou para fora pela janela e só o que conseguiu enxergar na escuridão foi o velho balanço no quintal. O sensor de movimento foi acionado por alguma coisa do lado de fora e as luzes do quintal se acenderam.

Com as cortinas molhadas nas mãos, Elissa se virou e abriu a lata de lixo. Estava prestes a jogá-las lá dentro, mas algo chamou sua atenção. Debaixo de algumas latas de sopa, havia uma embalagem de absorventes vazia e um frasco velho de esmalte vermelho. Ao lado deles, ainda estava uma caixa de lentes de contato temporárias. Quando Elissa se abaixou para pegá-la, o telefone tocou em seu bolso, e ela tomou um susto.

– Onde você está? – Era Sarah quem estava perguntando do outro lado da linha.

Elissa olhou pela janela da frente. Sua casa continuava lá, vários metros adiante, quieta e totalmente apagada.

– Em casa, ué – ela mentiu.

– Você não está com o Ryan, está? – Sarah perguntou.

– Não.

– Elissa, Tyler acabou de dar entrada no hospital. Meu Deus do céu! Você viu o que o Ryan fez com a perna dele?

O tempo de espera das luzes do lado de fora se esgotou e elas se apagaram, deixando a cozinha na maior escuridão novamente.

– Ele só estava se defendendo, mãe. Tinha uns seis moleques em cima dele.

– Eu quero você em casa, agora – Sarah disse, nervosa. Era como se ela pudesse sentir que a filha estava mentindo. Tanto fazia Elissa ter direcionado as chamadas do telefone de casa para o seu celular. De algum modo, sua mãe simplesmente sabia.

– *Estou* em casa – ela insistiu. Era tarde demais para admitir a verdade. Além disso, Sarah jamais confiaria nela novamente, se soubesse que Elissa estava na casa de Ryan – se soubesse que, no outro dia, eles tinham passado a tarde juntos, enquanto ela estava no trabalho. – A gente se vê mais tarde.

Elissa desligou o telefone e começou a mexer no lixo, tirando de dentro dele a embalagem de absorventes. Por que Ryan teria absorventes em casa? E o esmalte? Será que ele tinha uma namorada sobre a qual não tinha dito nada? Será que era isso que ele queria confessar? Ela se abaixou novamente, disposta a procurar mais fundo na lata de lixo, quando percebeu uma pancada abafada vindo de algum lugar sob seus pés. Era um barulho fraco e constante – tum, tum, tum –, como se alguém estivesse batendo em uma parede.

Guiada pelo barulho, ela chegou até a porta do outro lado da cozinha. Ao abri-la, se deparou com um lance de escadas estreito que levava ao porão. Sem conseguir enxergar muita coisa, Elissa começou a descer. O barulho foi ficando mais alto. Chegando lá em baixo, ela encontrou um interruptor e acendeu a luz, avistando finalmente, a secadora de roupas no canto da parede. Ela a abriu e o barulho parou devagar. Um par de tênis de Ryan estava lá dentro, junto com algumas peças de roupa molhadas.

Elissa colocou as mãos no rosto, se perguntando se não estava enlouquecendo. O que afinal a estava deixando tão inquieta? Aquilo que tinha dito a Sarah, instantes atrás, era verdade. Ryan estava só se defendendo. Se ele não tivesse quebrado o tornozelo de Ryan, a luta teria continuado e ele levaria a pior. Quem poderia saber quanto tempo aquilo iria durar e o que aqueles garotos teriam feito a ele?

Ainda assim... Havia algo no rosto de Ryan que a tinha deixado assustada. Elissa nunca o tinha visto nervoso daquele jeito – seu sangue borbulhava de raiva. Onde ele estaria agora? E por que estava guardando segredos dela? Elissa apoiou as costas na secadora, encarando a parede, mas sem olhar realmente para nada. Quando seus olhos entraram no foco, ela notou a fina faixa de luz que atravessava o tapete na diagonal. Havia um leve desnível no tecido, como se houvesse alguma coisa embaixo dele.

Elissa se ajoelhou e puxou o tapete para trás. Sua respiração acelerou e seu coração começou a bater mais forte, quando ela se deparou com o alçapão que estava escondido sob o tapete. Uma faixa de luz era visível no vão entre ele e o piso de concreto. Ela olhou e escutou ao redor por alguns segundos antes de abrir, puxando a alça de corda.

O alçapão levava a um pequeno corredor de cimento. Uma lâmpada fraca ficava presa à parede, iluminando o lugar, que não devia ter mais de cinco metros de comprimento por um e meio de largura. Elissa espiou lá embaixo, se assegurando de que não havia mais ninguém por perto.

Então olhou para trás, para a porta do porão, que continuava fechada. Nenhum barulho vinha da cozinha. Devagar, ela desceu pela escada de metal. Chegando lá embaixo, notou a porta no final do corredor. Era parecida com a porta da frente de sua casa, com um pequeno olho mágico no centro.

De repente, Elissa acreditou ter ouvido alguma coisa e se virou, com a adrenalina a mil. Não era nada. Nervosa, ela chacoalhou as mãos, tentando fazer seus dedos pararem de tremer, enquanto alcançava a maçaneta. Antes que percebesse, já a estava virando e abrindo a porta.

O quarto estava vazio, a não ser por alguns móveis básicos. Parecia uma versão um pouco modificada do quarto de Carrie Anne. Havia uma pequena mesa cor-de-rosa no canto, com uma babá eletrônica e alguns brinquedos. As peças de um quebra-cabeça estavam espalhadas pelo chão de cimento. Alguém tinha pendurado um lençol cor-de-rosa no teto do quarto, dando ao lugar um pouco de cor. Segundo o que se dizia na cidade, eles a tinham mantido presa, completamente isolada do mundo por vários anos. Então era naquele quarto que ela passou a viver depois do acidente?

Elissa caminhou no ambiente, observando os bichos de pelúcia amontoados no canto. O quebra-cabeça parecia feito para uma garotinha – um unicórnio era visível em uma das peças jogadas. Quando ela se abaixou para pegá-la, notou o cabo amarrado a um dos pés da cama de solteiro. Ele estava bem esticado. Elissa virou o rosto para trás, para descobrir o que havia na outra ponta. Tudo o que viu foi um vulto, enquanto a garota partia para cima dela, soltando um grito aterrorizante.

CAPÍTULO 14

Elissa colocou as mãos na frente do corpo, tentando afastar Carrie Anne, mas ela a agarrou pela blusa e começou a arranhá-la desesperadamente, até finalmente derrubá-la no chão, derramando sobre ela suas lágrimas. No chão, ela continuou agarrando Elissa, puxando suas roupas e batendo em seus braços com os punhos fechados.

– Carrie Anne! Pare já! – uma voz familiar gritou.

Em poucos segundos, Ryan arrancou a garota de cima de Elissa e a puxou para o lado, envolvendo seu pescoço com o braço. Foi só então que Elissa reparou que ela tinha um lenço amarrado ao redor da mandíbula, que a fazia engasgar quando tentava gritar. A garota começou a apontar algo atrás de Elissa. Ela se virou e viu um suéter rosa sobre a cama. Na frente dele estava escrito: *PENN STATE*.

Um calafrio subiu pela sua espinha. Ela não sabia direito o que era exatamente, mas tudo em seu corpo estava berrando para ela correr para longe.

– Vá embora agora, Elissa – Ryan gritou. Ele estava segurando a garota com toda força. – Vá lá pra cima. Eu resolvo as coisas por aqui.

Enquanto Elissa caminhava na direção da porta, a garota se debatia ferozmente, chutando e socando Ryan da melhor forma que conseguia. Ele tirou uma pequena seringa do bolso e cravou no braço dela. Alguns segundos depois, a garota já não resistia mais. Assustada, Elissa começou a subir a escada de metal, tentando compreender o que tinha acabado de ver. Então aquela era Carrie Anne? Os olhos azuis brilhantes estavam lá, de fato, só que não parecia ter nada de desajustado ou louco neles – só medo, muito medo.

– Por favor, se acalme, Carrie Anne – Elissa escutou Ryan dizer, baixinho. – Você vai acabar se machucando de novo. – Depois de escalar a escada de metal, ela foi direto para a escadaria que levava para a cozinha. Não parou de correr até chegar lá. Seu corpo inteiro estava tremendo. O que Ryan estava fazendo com Carrie Anne? Por que ela estava trancada lá embaixo? E há quanto tempo?

A cozinha estava silenciosa. Só o que se ouvia era um pássaro cantando ao longe. Elissa olhou para sua casa pela janela, desejando, pela primeira vez, não ter mentido para sua mãe.

Desejando que Sarah estivesse lá agora, com a luz da sala acesa, enquanto assistia TV, estirada no sofá. O estômago de Elissa se revirava todo, dando a sensação de que ela poderia vomitar a qualquer momento. Aquele não era o Ryan que ela conhecia. Perturbada, ela abriu a torneira e ficou observando e escutando a água cair, escoando pelo ralo da pia.

Quando finalmente estendeu o braço para tocar a fina corrente de água, percebeu que havia um pedaço de plástico grudado nele. Arrancou o plástico do braço e o ergueu em frente à janela, examinando-o sob a fraca luz da lua. O material era arredondado, liso e flexível, com um círculo azul no centro. Uma lente de contato – das coloridas.

Elissa olhou ao redor, prestando atenção nos desenhos pendurados na geladeira. O desenho de giz de cera que retratava os Jacobsen tinha Carrie Anne à frente, com seus cabelos loiros para trás. Quem quer que tivesse desenhado aquilo, tinha dado a ela grandes olhos azuis, como os que Elissa tinha visto na foto no quarto de Ryan.

Ela se sentiu enjoada, imediatamente. Foi até a lata de lixo, se abaixou e tirou de lá as embalagens vazias que tinha encontrado mais cedo. A caixa de lentes de contato continuava ali, logo abaixo da embalagem de absorventes. O rótulo dizia: *Lentes de Contato Coloridas – Azul Brilhante*. Elissa se levantou, decidida a ir embora, quando algo no fundo da lixeira chamou sua atenção.

Era uma carteira de couro rosa, com um coração metálico na frente. Ela a pegou, já pressentindo do que se tratava, antes mesmo de abri-la. Dentro dela, encontrou em uma das abas de plástico uma carteira de motorista. A data de nascimento dizia que a dona tinha dezenove anos. REBECCA OLIVER era o nome dela. CABELO LOIRO; OLHOS CASTANHOS. Em outra aba, havia uma foto de Rebecca e uma amiga – suas bochechas coladas enquanto elas sorriam para câmera dentro da cabine.

Elissa ficou paralisada. *Oh, meu Deus.* Era essa garota – Rebecca – que estava presa no porão. Sabe-se lá desde quando Ryan a mantinha lá embaixo, fingindo que ela era sua irmã. Ele a tinha raptado. Os pontos foram se conectando devagar, mas o corpo de Elissa estava pronto para dar o fora dali, quando ela escutou o som de pegadas pesadas vindo do porão. Antes que pudesse chegar até a porta, Ryan estava ao seu lado, arrancando a carteira de Rebecca de suas mãos.

– Passa isso pra cá – ele gritou.

Elissa deu um passo para trás, tentando ficar calma. Deu um sorriso amarelo, na esperança de que ele pudesse acreditar que ela não estava entendendo nada – que não tinha a menor ideia do que tinha acabado de ver. Mas ele se aproximou novamente, com uma expressão sombria no rosto.

– Você vai ter que me prometer que não vai contar sobre Carrie Anne a ninguém – disse, com frieza. – Prometa, Elissa.

– Pode ficar tranquilo, eu não vou contar. Prometo. – Elissa se afastou, em direção à porta. Faltavam poucos metros para ela chegar à varanda. Se, ao menos, conseguisse convencê-lo de que guardaria seu segredo... Se conseguisse fazê-lo ter certeza disso, então, talvez, pudesse sair dessa viva.

Enquanto caminhava devagar, Elissa tirou o celular do bolso e o abriu. Tudo que sua mãe tinha lhe dito nos últimos dias passou pela sua cabeça. Ela conseguia ver tão claramente agora – não tinha como não haver nada de errado com esse garoto que vivia sozinho, na casa onde seus pais haviam sido assassinados. *Por que eu tinha que ser tão cabeça dura? Por que não escutei?* Este pensamento fez as lágrimas brotarem em seus olhos. Elissa as segurou, tentando não parecer fraca.

– Eu preciso ir – disse, calmamente, percorrendo sua lista de contatos até o número de Sarah. – Minha mãe me ligou.

Assim que alcançou a porta, apertou *send*, no aparelho. Mas, antes que pudesse abri-la, Ryan entrou em sua frente. Sem dizer mais nada, ele a agarrou pela nuca e bateu sua cabeça na parede, bem ao lado do batente da porta. Elissa viu um clarão e sentiu sua cabeça latejando. Sua visão ficou borrada. Ao tentar colocar a mão na testa, derrubou o telefone no chão. Então sentiu uma forte tontura.

A última coisa de que pôde se lembrar foram as mãos de Ryan sob seus braços, a puxando para trás. Um fino fio de sangue escorria pela sua testa. Sem reação, ela observou a porta da frente se afastando mais e mais, o telefone celular aberto caído no chão, enquanto ele a arrastava para dentro da casa.

CAPÍTULO 15

Elissa acordou algum tempo depois. Sua cabeça ainda estava latejando. Aos poucos o quarto foi entrando no foco. Ela estava de volta ao quarto secreto no porão, sentada em uma cadeira de madeira no canto. A garota loira – *Rebecca*, ela conseguiu se lembrar – estava amarrada na cama, ainda inconsciente. O primeiro impulso de Elissa foi se levantar, mas, quando tentou se mover, percebeu que seus punhos estavam atados. Ele a tinha amarrado pelos braços e pernas à cadeira, com um cordão plástico.

Ao olhar para cima, viu Ryan andando de um lado para outro no corredor. Ele estava agitado. Não parava de morder as pontas dos dedos, arrancando pequenos pedaços de pele ao redor das unhas.

– Por que você fez isso? – ela perguntou, se esforçando para manter um tom de voz calmo. Ainda queria fazê-lo acreditar que podia deixá-la ir, que ela não revelaria seu segredo – que esta continuava a ser uma opção para eles.

Ryan esfregou os olhos vermelhos e respirou fundo, devagar.

– Carrie Anne *morreu* naquele dia no balanço. Entendeu? Ela *morreu*. E a culpa foi minha. Ela era tão pequenininha. Agarrei sua mão e acabei puxando, foi assim que ela caiu. Me lembro, como se fosse hoje, do horrível som de algo sendo esmagado. Eu não sabia direito o que tinha acontecido, mas os olhinhos dela ficaram frios, imediatamente. Era como se ela não tivesse mais ninguém ali. Ela era tão nova... – Ryan se abaixou, apoiado as costas no batente da porta, com as mãos na frente do rosto. Então começou a bater com elas na testa, como se estivesse tentando arrancar uma memória de dentro da sua cabeça.

Devagar, Elissa processou o que tinha acabado de ouvir – e o medo cresceu dentro dela. Cada fio de cabelo em sua nuca estava arrepiado.

– Se ela morreu, então quem matou os seus pais?

– Não posso viver sem ela. Ela era minha irmã e a culpa do que aconteceu foi toda minha. Eles disseram que foi. – A essa altura, ele estava chorando e soluçando.

Elissa deixou escapar um leve sussurro.

– Você pode viver sem ela, sim. Agora, você tem a mim. – Ela estava tentando soar doce e receptiva, esperando que sua voz pudesse acalmá-lo.

Ryan olhou de volta para ela, com os olhos cheios de lágrimas. Parecia completamente desorientado.

– Você não é Carrie Anne. Não posso ter vocês duas. Não mereço. Eles estavam tentando me punir. Você precisa entender. Eles queriam me punir pelo que eu fiz.

Elissa tentou conter o pavor que estava sentindo. Ela queria mais era gritar, tentar fazer com que alguém lá fora a escutasse. Quanto tempo será que ainda ia demorar até que sua mãe chegasse em casa e se desse conta de que ela não estava lá? Será que aquela ligação tinha sido completada? Se Sarah tivesse ligado de volta e ninguém tivesse respondido, ela tentaria de novo até Elissa atender. Talvez ela percebesse que havia algo errado.

Elissa ficou observando Ryan se balançar levemente para frente e para trás, ainda batendo as mãos na testa. Se Carrie Anne tinha morrido anos atrás, então devia ter sido o próprio Ryan quem matou os pais – nenhuma outra pessoa poderia ter feito isso. Essa ideia parecia bem convincente agora. Elissa nunca tinha visto uma pessoa tão transtornada na vida. Até poucas horas atrás, ela ainda achava que Ryan estava apenas se recuperando do trauma da infância e que, na verdade, estava indo bem. Como ela se sentia estúpida agora – tão ingênua. Mas, por outro lado, como poderia ter previsto isto – que ele não ia *nada bem*?

De repente, Ryan se levantou novamente. Elissa sentiu todos os seus músculos ficarem tensos de medo que ele pudesse atacá-la de novo. Mas, ao invés disso, ele se moveu metodicamente, desamarrando Rebecca. Depois colocou o corpo mole da garota no ombro e voltou para o corredor.

Não posso ter as duas – Ryan murmurou. – Não tenho permissão para isso.

– Ryan! – Elissa gritou. Ela bem que tentou fazer força com os braços para romper o fio que a amarrava, mas ele começou a cortar sua pele. – Ryan, aonde você vai com ela?

Não houve nenhuma resposta.

Ele ficou fora por uns vinte minutos, talvez mais. Era difícil saber o que estava acontecendo lá em cima. Elissa pensou ter escutado a porta da garagem se abrindo ou o som do porta-malas de um carro sendo fechado. Então viu a babá eletrônica sobre a mesa. Havia uma tela pequena que mostrava um ângulo da sala de estar. Ela ficou olhando para o aparelho, imaginando que sua mãe apareceria na porta a qualquer momento, ou então que Ryan passaria por ali apressado – mas nenhum dos dois apareceu na tela.

Na parede do quarto, havia mais uma foto de Carrie Anne. Ela parecia ter mais que cinco anos. Naquela foto, ela devia ter pelo menos doze. Quem era aquela garota, então? Será que Ryan tinha mentido sobre quando e como ela tinha morrido? A fotografia era de perfil. Os longos cabelos de Carrie Anne estavam caídos em seus olhos, escondendo parte do seu rosto. Em um espelho, pendurado em uma parede distante, Elissa pôde ver uma pequena silhueta dos pais dela. A Sra. Jacobsen era quem estava segurando a câmera, tirando a foto. A expressão em seu rosto era estranhamente distante.

Elissa continuou examinando o perfil da garota. De um jeito bizarro, ele parecia um tanto familiar. Atualmente, ela teria pelo menos vinte anos, mas a matemática pouco importava. Há pouco, Ryan disse que ela tinha morrido aos cinco, quando ele tinha sete. Elissa tinha certeza de ter escutado isso.

Intrigada, ela observou o ângulo do nariz, depois o aspecto esquisito de seus cabelos, mais grossos e desgrenhados do que se esperaria para uma garota daquela idade. Foi então que a ideia mais bizarra lhe ocorreu. *Seria possível...?*

Mas agora, Ryan estava de volta. Parecendo mais calmo, com o corpo relaxado. Foi até a mesa e começou a abrir as gavetas, procurando alguma coisa.

– O que aconteceu, Ryan? Onde ela está? – Elissa experimentou conversar. Ele a ignorou, como se ela não tivesse dito nenhuma palavra.

Ele estava remexendo as gavetas, quando, os dois puderam ver, pela babá eletrônica, uma luz vermelha invadindo a sala pelo vidro da porta. A luz piscou duas vezes e Ryan se virou, pronto para abandonar o quarto secreto.

– Não foi sua culpa ela ter morrido, Ryan – Elissa disse, tentando fazê-lo conversar. – Foi um acidente. Vocês eram tão novos. – Ela estava imaginando que, se conseguisse mantê-lo ali, talvez pudesse convencê-lo a libertá-la.

– Não. Você está enganada – Ryan disparou. – Foi minha culpa, sim. Por isso eles tiveram que me punir.

– Como assim, eles o puniram? – Elissa insistiu. – Por que você não me conta o que aconteceu com seus pais? Pode cofiar em mim, Ryan. Eu sou sua amiga. Vou guardar seus segredos.

De repente, eles escutaram uma voz pela babá eletrônica. Elissa viu alguém parado na porta da frente. Era um policial – um homem de uns quarenta anos.

– Ryan! Você está aí? – ele gritou. Então bateu várias vezes na porta.

Elissa tomou fôlego e gritou o mais alto que conseguia.

– Socorro! Eu estou presa no porão! Socorro!

– Ryan Jacobsen – o policial continuou batendo. Ryan pegou um lenço dentro de uma das gavetas e o passou ao redor da cabeça de Elissa, amarrando-o em sua boca. Ela tentou continuar gritando, mas engasgou. Então Ryan foi embora, sem olhar para trás. Subiu a escada de metal e fechou o alçapão no porão.

CAPÍTULO 16

Ryan parou no topo da escada do porão, alinhando a camiseta e se assegurando de que não havia nenhuma mancha de sangue nela. Não era sua culpa. Ele já tinha sido punido por tempo demais; só estava tentando consertar as coisas. Por que eles todos não conseguiam perceber que ele só queria fazer as coisas direito? De jeito nenhum deixaria o oficial Weaver lhe tirar a garota. Já tinha perdido Carrie Anne uma vez. E isto não aconteceria novamente.

Ao entrar na cozinha, observou a silhueta do lado de fora da porta. Weaver estava com as mãos ao redor dos olhos, tentando enxergar alguma coisa dentro da cozinha escura. Eles já se conheciam há um bom tempo e a presença dele ali não era novidade. Weaver tinha se comprometido a proteger Ryan. Era sempre ele quem vinha, quando algum grupo de vizinhos resolvia demonstrar sua hospitalidade, atirando pedras nas janelas da casa. Ele dizia se importar com Ryan – chegou até a se oferecer para conversar caso o garoto precisasse desabafar, mas isto nunca chegou a acontecer.

– Acabo de vir do hospital – o policial disse, assim que Ryan abriu a porta e o deixou entrar. – Vi o que você fez com a perna do Tyler. Os pais dele estão ameaçando entrar com uma ação. Você não quer me contar o que aconteceu?

Os olhos de Weaver vasculharam a cozinha toda. Ryan entrou na frente da lata de lixo, fechando a tampa atrás de si.

– Tudo que fiz foi me defender. Quem estava lá sabe disso.

Weaver descansou as mãos em seu cinto.

– Escuta, garoto. Vou fazer o meu melhor para resolver as coisas. Mas preciso que você fique longe de encrenca.

Nada vai se resolver, Ryan pensou. Era tarde demais agora. Tudo estava fora do lugar. Qualquer chance que ele tinha de ter uma vida normal tinha evaporado muito tempo atrás. Tudo era punição agora, punição pelo que ele tinha feito com Carrie Anne.

Ryan ergueu os olhos para o policial.

– Você nunca se cansa de bancar o durão? – perguntou. Essa era a rotina de Weaver, sempre dizendo a Ryan o que fazer, fingindo que o estava protegendo. Mas ele nunca o protegeu. Ninguém jamais fez isso.

Weaver soltou um longo suspiro.

– Amanhã de manhã você pode dar a sua versão dos fatos. Sarah, a sua vizinha, está preocupada com a filha. Ela me mandou aqui imaginando que Elissa talvez estivesse com você. Você por acaso a viu?

Ryan olhou para o chão, cutucando as pontas dos dedos, sentindo um formigamento se espalhar pelo seu corpo.

– Eu a vi pela última vez no festival de bandas – mentiu. – Ela não está lá?

"Não. Nós achávamos que ela estaria em casa, mas ela não está lá também." Weaver o examinou de cima a baixo. Ryan odiava a maneira como ele o estudava e bisbilhotava sua casa, como se tivesse todo direito de fazer isso. *Sai da minha casa*, ele pensou, com a raiva crescendo dentro de si. *Essa é a minha casa – a única coisa que me sobrou.*

– Então nos vemos amanhã de manhã – Weaver disse, tranquilamente. Enquanto ele se afastava, seus olhos se demoraram por um instante no balcão. Mas ele continuou e saiu, fechando a porta atrás de si.

Foi então que Ryan notou a carteira da garota bem ali, para quem quisesse ver. Weaver também a tinha visto – ele tinha certeza disso. Imediatamente, Ryan a jogou no lixo novamente, caminhou rápido até a porta e deu duas voltas na chave. Quando estava prestes a descer novamente para o porão, escutou o telefone de Elissa tocar. Na cozinha mal iluminada, ele não conseguiu saber exatamente de onde o som vinha. Deu uma olhada para fora e viu Weaver com o seu próprio celular encostado na orelha. Ele tinha se virado para a casa assim que escutou o primeiro toque vindo de algum lugar lá dentro.

Ryan se apressou a procurar no chão da cozinha, rastejando rapidamente ao redor do balcão central, tentando desesperadamente encontrar o telefone. Finalmente, avistou uma luz piscando embaixo da mesa. Sem pensar, mergulhou na direção do aparelho. Quando já o tinha em suas mãos, tentou desligá-lo, mas já era tarde demais. Weaver já estava parado em frente à porta, batendo no vidro com força.

– Ryan, abra já essa porta – ele gritou. – Eu sei que ela está aí.

De onde estava escondido, Ryan conseguiu ver o policial sacar sua arma e quebrar o vidro da porta com ela, para depois alcançar a chave do lado de dentro e destrancá-la.

– Ryan? – ele chamou novamente, enquanto entrava na cozinha escura. Ryan rastejou pelo chão e se escondeu ao lado da despensa.

Weaver caminhou com cautela pela cozinha, empunhando sua arma. Ryan o observou, alternando sua atenção entre o policial e a porta aberta do porão logo ao seu lado. Ninguém poderia separá-lo de Elissa agora. Ela era sua, e estava ali porque Carrie Anne não podia mais estar. Ela ficaria com ele para sempre e ele tomaria conta dela, cuidando para que tudo fosse perfeito. Weaver não teria outra opção senão compreender isso.

Espremido contra a despensa, Ryan permaneceu atento aos movimentos de Weaver, que se aproximava cada vez mais.

O ódio pulsava em suas veias. Assim que o policial ficou perto o bastante, ele acertou com toda força um chute em suas costas, fazendo-o rolar escada abaixo.

Ryan desceu correndo atrás e assistiu a ele aterrissar todo torto no piso de concreto do porão. Weaver se contorcia de dor. As memórias retornaram de repente e Ryan foi obrigado a segurar o choro. Com frieza, ele chutou a arma para longe e apoiou o joelho no peito do policial.

– Você podia ter evitado isso tudo, muito tempo atrás, sabia disso? Mas você não fez nada. Simplesmente deixou que eles fizessem o que fizeram comigo. Você sabia de tudo. Estava lá o tempo todo.

As mãos do garoto tremiam sem parar. Ele deu um impulso para trás e depois caiu em cima do policial, afundando o joelho em seu peito. Weaver gemeu de dor. Ryan não parava de pensar naquele dia – o dia em que Carrie Anne morreu. Seus pais estavam no quarto e a fumaça das drogas saía pela janela. Seus olhos estavam baixos quando eles vieram para fora. Weaver estava lá – ele assistiu a tudo. Naquela época, passava as tardes chapado com os Jacobsen, quando devia estar em serviço. *Você estava lá*, Ryan pensou, apertando o joelho contra o peito de Weaver ainda mais forte. *Você viu tudo.*

Depois da morte de Carrie Anne, o policial ajudou o Sr. Jacobsen a escondê-la no bosque. Eles enrolaram seu corpinho em um lençol e prenderam com fita adesiva. Então a enterraram

– sua irmãzinha de cinco anos – em uma cova. Ryan ainda sabia onde o corpo estava enterrado. Apenas alguns passos adiante de um ulmeiro que caía para a esquerda. O trecho estava todo coberto de flores selvagens que cresceram ali pouco tempo depois.

Ryan se lembrou do medo e do sofrimento que sentiu na época. Seu corpo todo tremia e ele não parava de chorar. Mas sua mãe estava drogada demais para confortá-lo. Sentada nos degraus dos fundos, ela estava completamente sem reação. Quando seu pai e Weaver retornaram, guardaram a pá na garagem com a maior naturalidade, como se nada tivesse acontecido. *Não acho que você tenha muita escolha, além de levar essa história adiante, Bill.* Foi o que o Sr. Jacobsen disse, sem o menor remorso. *Ninguém pode descobrir o que aconteceu. Ninguém pode saber que ele matou Carrie Anne.*

Ryan alcançou o canivete que trazia no bolso de trás. Sempre o mantinha escondido na cozinha e o tinha pegado mais cedo, ao entrar em casa e perceber que Elissa estava lá dentro. Com um movimento de seu pulso, a lâmina surgiu.

Sem pensar duas vezes ele a enterrou no peito de Weaver, entre duas costelas. Só o que sentiu, enquanto afundava a lâmina, foi raiva.

– Eu protegi você – o policial disse, tentando se livrar de Ryan e esticando o braço na direção de sua arma sem conseguir alcançá-la.

Os olhos de Ryan estavam cheios de lágrimas. Ele não podia conter o ódio que sentia por esse sujeito – o homem que ajudou a enterrar sua irmã e que, por anos, assistiu aos seus pais abusarem dele. Eles diziam querer puni-lo pelo que tinha acontecido. Nunca admitiram que eram os verdadeiros culpados. Nunca reconheceram que estavam trancados no quarto, se drogando sem se preocupar com mais nada. A culpa não era *deles* – os dois lembravam o pequeno Ryan disso todo santo dia. Era ele o culpado.

– Não. Você só protegeu a si mesmo. Só protegeu os meus pais. Mesmo sabendo o que eles faziam comigo.

Ryan ficou olhando Weaver se contorcer com a faca cravada no peito, até parar de fazer força e seu corpo ficar totalmente relaxado. Suas mãos estavam cobertas de sangue. Ele odiava aquele homem – o odiava por ter deixado que seus pais fizessem o que fizeram. Ele só tinha sete anos de idade. Eles o puniram pelo que tinha acontecido e continuariam punindo para sempre se ele mesmo não os tivesse parado.

Quando Weaver ficou completamente imóvel, Ryan largou a faca e caiu para trás. O cheiro de sangue tinha dominado o ar. Sentado ali, ele respirou fundo e tentou se acalmar. Estava tudo acabado – Weaver estava morto agora. Todos eles estavam mortos. Ele os tinha parado.

Quando finalmente conseguiu recuperar o fôlego, Ryan limpou as mãos nas calças, espalhando sangue pelo jeans. A onda de raiva recuou por um instante. Então ele abriu o alçapão no porão e desapareceu escada abaixo novamente.

CAPÍTULO 17

Ryan ficou fora por vários minutos. Amarrada no quarto subterrâneo, Elissa observou o policial aparecer e depois desaparecer no monitor, e agora estava escutando o barulho de uma briga vindo de algum lugar sobre sua cabeça. Com suas últimas energias, ela tentou forçar as cordas que a prendiam à cadeira. Suas mãos estavam completamente imobilizadas, apenas os tornozelos tinham algum espaço para se mexer. Aos poucos, Elissa foi chutando o ar e afrouxando os nós que prendiam suas pernas às rígidas pernas de madeira da cadeira.

Um abajur de metal estava apenas a alguns centímetros de distância. Ele tinha mais ou menos um metro de altura e a lâmpada estava exposta. Elissa deu um impulso e contorceu seu corpo inteiro, fazendo a cadeira se mover um pouco para frente, na direção dele. Então esticou a perna tanto quanto possível, conseguindo tocar a base do abajur com a ponta do pé. Ele balançou um pouco para trás e para frente, mas continuou no mesmo lugar. Vendo aí sua única esperança de fugir, Elissa insistiu e chutou a base abajur de novo e de novo, até ele se desequilibrar e cair sobre ela.

A lâmpada fervente aterrissou sobre o seu braço. A dor foi insuportável. Elissa deixou escapar um gemido, se concentrando ao máximo em não gritar. Então se inclinou para frente, fazendo a lâmpada deslizar pelo seu braço até a altura dos pulsos. O ar logo foi preenchido pelo cheiro do plástico queimado. Elissa começou a mover os pulsos para baixo e para cima, tentando não gritar, enquanto o cordão plástico derretia sobre sua pele.

Alguns minutos atrás, a porta do quarto tinha batido e estava fechada. O rangido do alçapão se abrindo lá em cima e depois o som de passos pesados descendo a escada de metal chamaram a atenção de Elissa, que se apressou, livrando uma das mãos, depois trabalhando rápido no outro pulso, para livrar a outra. Ela demorou mais ou menos um minuto para desfazer todos os três nós. A pele do seu braço estava queimada. A parte que havia sido tocada pela lâmpada estava vermelha e inchada.

Os passos se aproximaram. Elissa correu para trás da porta, se espremendo contra a parede, para que ele não a visse quando entrasse no quarto. Ela tentou ficar completamente parada, mesmo com as falhas da parede de concreto espetando suas costas.

Devagar, a porta de metal se abriu. Elissa se moveu um centímetro para frente, se escondendo exatamente atrás dela. Cada músculo do seu corpo estava tenso. Ryan entrou no quarto. Sua mão e sua calça estavam sujas de sangue. Ele estava empunhando uma faca em frente ao corpo, pronto para o ataque. Olhou ao redor, observando a cama de solteiro, a cadeira onde Elissa estava presa e os cordões queimados. Antes que pudesse se virar, ela deu a volta na porta correndo e a fechou, virando a fechadura imediatamente.

No segundo seguinte, Ryan já estava socando a porta violentamente. Ele tomou distância e se jogou sobre ela, tentando arrombá-la – até a parede balançou. Elissa subiu a escada o mais rápido que pôde e deixou o alçapão se fechar atrás de si. No porão úmido, avistou o corpo do policial Weaver. Havia uma poça de sangue ao redor dele. Seus olhos ainda estavam abertos e suas mãos, fechadas e tensas.

No quarto subterrâneo, Ryan estava berrando. Elissa olhou ao redor, procurando alguma coisa para colocar sobre o alçapão e mantê-lo fechado. Sua cabeça ainda estava dolorida. Agora que estava de pé, a tontura estava ameaçando derrubá-la. Tentando se manter firme, ela agarrou as bordas da máquina de lavar roupas. Respirou fundo e, com alguns puxões, conseguiu afastar um pouco a máquina da parede. Então foi para trás dela e a empurrou para cima do alçapão.

Sem pensar duas vezes, subiu as escadas correndo, procurando a maçaneta da porta. Quando a virou, a porta não se abriu. Desesperada, Elissa tentou de novo e de novo, mas a porta continuava fechada. Seu coração disparou e seu corpo inteiro começou a tremer novamente, com a descoberta: ela estava completamente presa.

Sem tempo para se lamentar, ela desceu as escadas correndo e vasculhou o corpo do policial. Sua arma tinha sumido. Tudo o que ele carregava era uma algema, algumas balas em uma bolsinha de couro e uma lanterna. Dentro dos bolsos também não havia nada de útil. Elissa acabou pegando a rígida lanterna de metal, imaginando que talvez pudesse usá-la como uma arma se precisasse.

Pense, Elissa disse para si mesma. *Pense, pense, pense...* Lá embaixo, ela escutou a porta do quarto arrebentando. Enquanto subia as escadas, Ryan gritava.

– É melhor você voltar para cá de uma vez – berrou, com a voz cheia de fúria.

A máquina de lavar cobria apenas a metade do alçapão e Ryan começou a tentar levantá-lo, empurrando e batendo. As tábuas de que ele era feito começaram a estalar, como se estivessem a ponto de se quebrar. Elissa olhou ao redor, usando a lanterna para enxergar o que havia ali. Perto da máquina de lavar e da secadora, havia ainda um aquecedor de água e uma parede cheia de canos de metal, com alguns materiais de limpeza velhos e blocos de concreto. No canto, ela avistou outra porta. Correu até lá e jogou o corpo sobre ela, indo parar na garagem.

Quando tentou fechar a porta atrás de si, viu que era impossível trancá-la daquele lado. Então correu até o portão da garagem e tentou levantá-lo, mas ele não se moveu. Na escuridão, só o que se podia enxergar eram pequenas partes do lugar. Elissa começou a tatear os cantos da parede rapidamente, procurando por algum botão que abrisse o portão, mas não encontrou nada.

Sem saber o que fazer, ela entrou no carro e se sentou no banco do motorista tateando no escuro até tocar a ignição. Nenhuma chave, nem nada. O interior do veículo parecia tão diferente agora. Foi naquele carro que Ryan trouxe Rebecca para casa. Provavelmente, ele lhe ofereceu uma carona, da mesma maneira como tinha feito com Elissa, duas semanas antes. Enquanto vasculhava o porta-luvas, atrás de algo que pudesse usar como uma arma, ela tentou se livrar desses pensamentos. E novamente se decepcionou: só o que havia ali eram alguns mapas e fitas cassete antigas.

Um barulho chamou sua atenção e Elissa e se virou, checando a porta da garagem. Continuava encostada. Pela pequena janela de vidro que havia na porta, Elissa pôde ver que Ryan não estava se aproximando. Mais nervosa a cada segundo, ela alcançou a lancheira amarela no assoalho do carro e a abriu. Suas mãos começaram a tremer. Dentro dela, havia uma garrafa de clorofórmio e dois pedaços de pano, além de um rolo do mesmo cordão plástico com o qual ela havia sido amarrada no quarto subterrâneo. Quer dizer que foi isso que ele usou para levar Rebecca embora? Quando será que ele estava planejando levá-la também? Quanto tempo estava planejando esperar antes de assassinar as duas?

Envolta nesses pensamentos, Elissa ergueu a vista e viu algo de relance pelo espelho retrovisor. Antes que pudesse reagir, Ryan surgiu do nada e a agarrou pelo pescoço com as duas mãos, através da janela aberta. Ela tentou gritar, mas sua voz simplesmente não saía. Então começou a se contorcer toda, mas ele lutou contra ela, se debruçando pela janela sobre o banco da frente do carro. Tentando resistir, ela cravou as unhas na pele dele e, de repente, os dois escutaram a campainha lá em cima. Depois de alguns segundos ela tocou novamente e então começou a tocar sem parar. Mesmo envolvida naquela luta, com suas forças abandonando seu corpo devagar, de algum jeito, Elissa sabia quem estava lá fora.

Sua mãe a tinha encontrado. Ela não estava mais sozinha.

CAPÍTULO 18

Ryan deu um jeito de abrir a porta do carro. Elissa começou a chutar freneticamente, tentando mantê-lo afastado, mas ele alcançou um dos pedaços de pano e o pressionou no rosto dela. O pano ainda estava umedecido com clorofórmio. Depois de alguns segundos, Ryan a soltou. Uma mancha preta começou a tomar conta da vista de Elissa e seu corpo foi ficando todo solto. Quando ele a tirou do banco da frente e a arrastou para trás do carro, ela já não era mais capaz de resistir. Seus membros não tinham forças. Com um movimento rápido, Ryan a levantou e a jogou no porta-malas, fechando a porta, logo em seguida.

Passaram-se vários minutos antes que Elissa recobrasse a consciência e entendesse onde estava presa. Ainda com os pensamentos um pouco lentos, procurou pela lanterna que tinha enfiado no bolso de traz de seus jeans e a ligou. Ali dentro, a apenas alguns centímetros, estava a garota que ela tinha encontrado no quarto subterrâneo – Rebecca. Ela estava curvada sobre si mesma, como se fosse uma pequena bola, e seu corpo estava rígido. A coitada estava morta. Elissa prendeu a respiração, chocada. Então se virou e se espremeu no canto, tentando ficar o mais longe possível do corpo.

Com as costas apoiadas na lateral do porta-malas, ela começou a chutar com toda força o lugar onde ficava o encosto do banco de trás do carro. Suas pernas começaram a doer de tão forte que estava chutando. Chutou repetidamente, acertando sempre o mesmo ponto com os calcanhares de suas botas. Aos poucos, o estofamento que revestia o porta-malas começou a rasgar. Elissa se virou, com todo cuidado para nem mesmo tocar levemente o corpo de Rebecca, e enfiou os dedos na espuma, sentindo o fino carpete que cobria o fundo do porta-malas. Então deu um puxão e arrancou uma bela camada do estofamento, antes de começar a chutar novamente.

O carro todo se balançava a cada novo golpe. *Eu vou morrer nesse lugar*, ela pensava, sentindo a raiva crescer dentro de si. *Não tem a menor chance de eu deixar esse desgraçado me matar assim fácil.* Conforme a raiva aumentava, Elissa chutava mais e mais forte, até acertar um último golpe no encosto do banco de trás e sua perna atravessar o estofamento que revestia o porta-malas, indo parar no console central do carro, entre os bancos da frente. Rapidamente, ela arrancou mais alguns pedaços do estofamento, até ter espaço suficiente para passar. Depois de finalmente se libertar do porta-malas, ficou sentada no carro por um instante, pensando na garota morta logo atrás de si e sentindo o peso da lanterna em sua mão, apenas escutando o som da própria respiração.

Sarah caminhou pela varanda, ansiosa, disposta a não ir embora dali até conseguir falar com Ryan. Respirou fundo, tentando não levar tão a sério seus pressentimentos e esperando que, desta vez, alguém a atendesse. Dentro da casa, as luzes estavam apagadas. O painel de vidro da porta da cozinha estava quebrado e um cheiro de queimado vinha de algum lugar lá dentro. Sarah apertou a campainha de novo e de novo, sabendo em seu íntimo que algo estava errado. Elissa não estava em casa. Também não estava na escola. Tinha tentado telefonar várias vezes para o celular dela, mas acabava sempre na caixa de mensagens. Onde sua filha estava, afinal? E onde estava Ryan?

Sarah pensou novamente no raio-X da perna de Tyler e seu estômago revirou. Os médicos não conseguiam acreditar que uma pessoa sozinha fosse capaz de fazer um estrago tão grande no tornozelo de alguém. Tiveram que recorrer aos relatos das testemunhas para tentar entender o que tinha acontecido. Para eles, era certo que o tornozelo de Tyler tinha sido esmagado por algum objeto, como um cano ou um bastão. Os ossos estavam estilhaçados, a fratura era tão impressionante que eles se surpreenderam por Tyler não ter desmaiado de dor.

Sarah pegou o celular e ligou para o número do policial Weaver novamente. Ele tinha deixado o hospital uma hora atrás, prometendo que encontraria Elissa. Por vários minutos, ela continuou no trabalho depois disso, esperando que ele lhe telefonasse a qualquer momento para avisar que tinha encontrado sua filha – mas o tempo passou e o telefone não tocou, então Sarah resolveu procurar por si mesma. E agora ela estava ali, olhando a viatura do policial parada em frente à casa de Ryan, vazia.

Novamente ela tocou a campainha. Desta vez, uma luz se acendeu lá dentro. Ryan apareceu do outro lado da cozinha. Ele se aproximou e abriu a porta da frente.

– Olá, Sra. Cassidy – disse, calmamente.

Sarah o observou. A lateral de seu rosto estava inchada, provavelmente por causa da briga no estacionamento da escola. Também havia um pequeno corte embaixo de seu lábio. Mas ele tinha trocado de roupa e usava uma camiseta e jeans limpos. Ela tentou espiar dentro da casa, mas a cozinha parecia arrumada – tudo em seu devido lugar.

– Eu estou procurando pela Elissa – Sarah disse. – Por acaso, ela está aqui?

– Não, senhora.

– Ela também não está em casa. Pensei que pudesse estar com você. – Ryan olhou para os sapatos, usando a ponta do pé para colocar um taco solto no lugar. Ela quase se sentiu culpada por um momento, por ir até lá, insistindo que Elissa devia estar dentro da casa. Ele parecia tão inofensivo, tão... infantil.

– Não... – o garoto repetiu. – Ela não está aqui, Sra. Cassidy. Sinto muito.

– Se encontrá-la, me avise, por favor. – Quando ele estava prestes a fechar a porta, Sarah deu um passo adiante e a segurou com o ombro.

– Escuta. Não estou brava nem nada. Só queria... – Então o temporizador da luz da varanda se apagou, deixando os dois na escuridão. Demorou alguns segundos para Sarah começar a enxergar o rosto de Ryan novamente, notando as manchas brilhantes em suas bochechas e nas costas de suas mãos. Era como aquela maquiagem que brilha no escuro, que ela tinha comprado para Elissa, querendo se desculpar por ser tão rígida.

– Ryan... você se importaria em me servir um copo d'água? Foi um dia cheio para nós dois, eu tenho certeza. – Enquanto dizia isso, Sarah passou por ele e entrou na cozinha. Não sentia medo nenhum. Sabia que Elissa estava ali dentro, em algum lugar. E ela precisava da sua ajuda.

Ryan pegou um copo dentro do armário e o encheu com água. Sarah o pegou, tentando controlar o leve tremor em suas mãos. E eles ficaram ali, se encarando, a apenas alguns centímetros de distância um do outro. Sarah notou as facas no balcão atrás do garoto. Não dava para saber se ele tinha uma arma ou se Weaver estava em algum lugar por ali, preso dentro da casa, como Elissa.

Antes que pudesse dizer qualquer coisa, escutou um grito abafado vindo de algum lugar abaixo de seus pés. Era a voz de Elissa – ela a reconheceria em qualquer lugar. Sarah correu imediatamente para a porta do outro lado da cozinha e a abriu. Mas antes que pudesse pisar no primeiro degrau, sentiu uma dor enorme na barriga. Estava com uma faca cravada do lado esquerdo. Ela caiu para trás, atingindo o chão com força e observando a expressão de Ryan se transformar.

Agora, ele parecia mais decidido, mais frio, enquanto se abaixava para arrancar o canivete de sua barriga e o enfiava no bolso de trás. Então ele a pegou pelos pés e a jogou escada abaixo.

CAPÍTULO 19

Elissa correu até a porta entre a garagem e o porão, mas, quando virou a maçaneta, ela não se abriu. Devia estar trancada pelo outro lado. Com a adrenalina a mil, ela tomou fôlego e deu um grito, na esperança de que sua mãe escutasse.

Não suportava nem imaginar o que Ryan faria a ela se abrisse a porta lá em cima. Sem pensar duas vezes, Elissa passou a mão na janela um pouco acima do centro da porta, tentando perceber a grossura do vidro. Era um quadrado de mais ou menos sessenta por sessenta centímetros – grande o bastante para ela passar para o outro lado se conseguisse quebrá-lo. Sua primeira tentativa foi bater com a lanterna contra o vidro, mas ele sequer trincou. Com a lanterna presa ao cinto, Elissa vasculhou a garagem novamente. Desta vez, notou a caixa de ferramentas em uma prateleira, do outro lado da garagem. Dentro dela, encontrou um martelo pequeno, desses que têm uma bola na frente, ao invés da cabeça chata.

Correu até a porta novamente e martelou o vidro sem parar, até que ele finalmente se estilhaçou. Depois ela bateu nas extremidades da janela, onde o vidro se encontrava com a porta, garantindo que haveria espaço suficiente para passar. Agora só faltava encontrar algo em que se apoiar. Logo acima de sua cabeça, havia um cano de metal. Elissa deu um pulo e o agarrou, erguendo as pernas e balançando para trás e para frente, tomando impulso para passar pela janela.

A parte de trás de uma de suas pernas raspou em um pedaço de vidro remanescente e logo o sangue começou a se espalhar pela sua calça jeans. Mas ela não tinha tempo para se preocupar com isso, o que importava é que estava de volta ao porão e que tinha que chegar logo lá em cima. O corpo do policial continuava ali. A máquina de lavar estava caída de lado, longe do alçapão que levava ao quarto subterrâneo. Não havia mais ninguém no porão. *Onde está minha mãe?* Elissa caminhou rápido em direção à escada, então escutou algo lá em cima. Alguém estava vindo. Ela recuou e se escondeu atrás do aquecedor de água, trazendo ainda em uma das mãos o martelo com que tinha quebrado o vidro.

Ryan começou a descer as escadas, arrastando alguma coisa atrás de si. Com um impulso dele, o corpo deslizou pela escada, aterrissando no piso do porão. Elissa teve que segurar as lágrimas. Sua mãe estava caída no piso de concreto, completamente imóvel, com um dos braços estirados. Havia um ferimento do lado da sua barriga. Sua camisa estava rasgada e ensopada de sangue.

Elissa ficou ali parada, perplexa, observando atentamente o peito de sua mãe, que ainda se movia levemente, a cada respiração. *Ela está viva*, Elissa pensou *Você tem que ajudá-la.* Ryan desceu as escadas e arrastou o corpo até a porta da garagem, parando assim que percebeu a janela quebrada. Elissa se espremeu contra a parede e se abaixou, esperando que ele não a visse ali.

– Quero você aqui comigo – Ryan começou a falar, olhando ao redor na escuridão. – Mas eu preciso ter Carrie Anne. Preciso dela de volta. Preciso consertar as coisas, você entende? Se você não puder fazer isso por mim, Elissa, então não vou poder ficar com você.

Elissa escondeu o rosto com as mãos, se enfiando ainda mais no espaço estreito, cercada por canos enferrujados, blocos de concreto e ferramentas velhas. Ela conseguia sentir que havia um quarto pequeno, em algum lugar atrás de si. Ryan largou as pernas de Sarah e começou a caminhar na direção de Elissa, seus passos ecoando no porão.

A única lâmpada do ambiente zumbiu sobre suas cabeças. Elissa estava atenta a cada respiração de Sarah. Ryan continuou caminhando devagar e, por um instante, seus olhares se cruzaram. Imediatamente, ele partiu para cima dela, mas Elissa deu um pulo para trás entre os canos, indo parar em um quartinho estreito, onde ficava o forno do aquecedor. Com muito custo, ela conseguiu manter o equilíbrio e ficar de pé, avistando a arma do policial, que estava ali, a poucos centímetros de distância. Mas agora Ryan também estava atravessando os canos. Quando ele apareceu, Elissa estava mergulhando atrás da arma, seus braços se queimando com o calor do chão de concreto.

Ele a agarrou pela cintura, tentando puxá-la. Mas quando Elissa alcançou a arma e a pegou, ele a soltou. Quando ela se virou, pronta para apertar o gatilho, ele já tinha corrido para o outro lado do porão e estava mexendo na caixa de energia. Antes que ela pudesse fazer qualquer coisa, Ryan abaixou uma alavanca, afundando o porão inteiro na mais completa escuridão.

Elissa piscou repetidamente, tentando acostumar logo a vista. Imediatamente, se lembrou da lanterna em seu cinto e a acendeu. Ela só iluminava pequenos círculos no escuro – a parede com a caixa de energia, o corpo de sua mãe no chão, a porta quebrada da garagem. Segurando a arma em frente ao corpo com uma das mãos, Elissa imaginou que Ryan tinha fugido para a garagem. Assim que deu o primeiro passo para a direita, ela o viu dar um salto de trás do aquecedor de água, com a faca apontada para o seu pescoço. Sem pensar, deu três tiros, que o acertaram na barriga. Ryan cambaleou para trás, gemendo de dor. Então se curvou, apoiando as costas na parede. Sua cabeça pendeu para frente e ele parou de se mexer.

Elissa correu até sua mãe, iluminando o caminho com a lanterna. Se abaixou ao lado dela e pressionou o ferimento com uma das mãos. O corte era profundo. Ia ser difícil parar o sangramento.

– Você está bem? – Sarah perguntou, engasgando e tocando o rosto de Elissa. Desta vez, ela permitiu que as lágrimas corressem pelas suas bochechas.

– Nós duas estamos.

Elissa deixou a arma de lado e abraçou forte sua mãe, enterrando o rosto em seu pescoço. *Sinto muito*, ela queria dizer. *Você estava certa desde o começo.* Mas só o que conseguiu soltar foi um soluço, enquanto o terror que estava sentindo dava lugar ao alívio.

Então olhou para a escadaria, imaginando se conseguiria carregar sua mãe até a cozinha. Foi quando se lembrou de que a porta trancava sozinha.

– Nós vamos precisar da chave – sussurrou para si mesma, voltando o olhar para o corpo de Ryan.

– Não – Sarah gemeu.

– Tudo bem, mãe. – Elissa tirou uma mecha de cabelo da frente da testa dela e caminhou devagar até o corpo de Ryan, vasculhando seus bolsos, atrás da chave.

De repente, ele ergueu a mão e agarrou seu pulso.

Elissa tentou se livrar dele.

– Ryan, pelo amor de Deus, isso tudo tem que acabar.

Ryan olhou em seus olhos, sentindo tanta dor, com tanta emoção, que ela quase sentiu pena.

– Eu não posso – disse simplesmente.

Elissa conseguiu arrancar o pulso da mão de Ryan, mas a força a fez cair para trás. Imediatamente, ele se ergueu acima dela, segurando a faca com a outra mão.

– Vai acabar logo – disse com frieza. – Só feche os olhos.

– Acabou *agora* – Sarah esbravejou, enquanto se levantava com muito custo ao lado dele. Ela estava segurando o martelo que Elissa tinha derrubado no chão e, sem pensar duas vezes, o usou para salvar sua filha.

Ryan desabou no chão, largando a faca. O sangue se acumulava ao seu redor.

Tudo estava acabado.

EPÍLOGO

Duas semanas mais tarde, Elissa estava carregando a caminhonete com as últimas caixas da mudança. O dia estava mais fresco que o normal, o vento atravessava as árvores, fazendo balançar as folhas e galhos. Ela e sua mãe estavam recomeçando... de novo. Iam retornar para Chicago, para um apartamento de dois quartos a três quarteirões do último em que tinham morado. Elissa voltaria para a antiga escola, para Luca e os amigos de sempre. Sarah trabalharia em um hospital na cidade. Mas nada seria como antes – nada jamais poderia ser como antes. No final das contas a avó de Elissa estava errada. Um lugar *pode* mudar alguém.

Elissa observou sua mãe trancar a casa e caminhar devagar pela varanda, se apoiando no corrimão de madeira, um passo de cada vez. Ela ainda andava com dificuldade, mesmo depois de ter tirado os pontos. Elissa tinha prometido que ia dirigir o caminho todo, durante os dois dias de viagem, mesmo Sarah a tendo proibido de fazer ultrapassagens.

Do outro lado do gramado, a casa dos Jacobsen estava cercada de faixas amarelas e pretas da polícia. Nas últimas semanas aquilo tinha servido como um lembrete de tudo o que havia acontecido ali. Ryan, que tinha sobrevivido apesar dos graves ferimentos, estava internado em uma instituição psiquiátrica. Logo se descobriu que a casa ainda guardava um último segredo da família Jacobsen: fitas de vídeo dos anos seguintes à morte de Carrie Anne, com antigos filmes de família. Neles, Ryan estava vestido com as roupas da irmã. Ele usava uma peruca e lentes de contato azuis. Depois do acidente, seus pais o usaram como um substituto da filha morta, chamando-o apenas pelo nome dela.

Por anos, eles o mantiveram preso no quarto dela, ora celebrando eventos familiares com ele, ora abusando do garoto. Os psiquiatras concluíram que Ryan foi se tornando violento por causa do estresse provocado pelos abusos. Até que um dia, explodiu e matou os dois. Depois disso, voltou ao papel de Ryan, o irmão que tinha sido mandado para longe, mas continuou jogando o jogo de seus pais, sequestrando garotas e as transformando em Carrie Anne. Ele as mantinha no quarto secreto, isoladas do mundo, as tratando da mesma maneira que seus pais o tinham tratado. E assim o ciclo se repetia – e se repetiria por muitos anos mais, se Elissa e Sarah não tivessem descoberto seus segredos.

Mesmo agora, no hospital, sob a influência de medicamentos pesados, Ryan continuava chamando o nome da irmã.

O olhar de Elissa viajou até a árvore às margens do parque estadual – a mesma que ele tinha lhe mostrado semanas antes, sentado ao seu lado, em cima da pedra. Sarah se aproximou e passou o braço ao redor do ombro de Elissa. Era reconfortante sentir sua mãe ali, junto dela. Pela primeira vez, conseguia olhar para Sarah sem pensar no que ela tinha feito ou deixado de fazer – no passado, no divórcio e nos anos tumultuados que se seguiram a ele. Elissa apenas pensava nela como a pessoa que tinha salvado sua vida.

– O que você está olhando? – Sarah tirou alguns fios de cabelo da frente do rosto da filha.

Elissa apontou para onde a árvore estava. Ela piscou os olhos e balançou a cabeça, mas desta vez o rosto não apareceu. Ficou imaginando se ele esteve mesmo lá alguma vez ou se, na presença de Ryan, ela o tinha imaginado de alguma maneira.

– O que você vê?

Sarah ficou em silêncio por alguns segundos.

– Uma árvore?

Elissa sorriu, balançando a mão da mãe.

– É. É isso que eu vejo também.

Sarah franziu as sobrancelhas, como se não tivesse muita certeza do que aquilo significava. Elissa queria dizer que estava arrependida, que sabia o quanto estava errada. Nos últimos dias, essas palavras não conseguiram sair da sua boca, embora se repetissem incessantemente em sua cabeça. O que importava agora, entretanto, Elissa tinha percebido, não era se ela tinha falado ou não. Pela primeira vez em sua vida, ela e sua mãe estavam começando a ver as coisas da mesma forma. E isto ficava claro em tudo que elas faziam – na maneira como elas cozinhavam juntas e como se sentavam toda noite no sofá para ver TV. Agora, Elissa sempre respondia quando Sarah chamava.

– Pronta para partir, Liss? – Sarah perguntou, se encaminhando para o carro.

Elissa não soltou sua mão. Ao invés disso, se deixou ser levada pela mãe, os braços das duas estendidos, mas sem se separarem.

– Nunca estive tão pronta para algo em toda a minha vida.